火烧

夏裕萱 著

台海出版社

图书在版编目（CIP）数据

火烧 / 夏裕萱著. -- 北京：台海出版社， 2022.11
ISBN 978-7-5168-3422-0

Ⅰ．①火… Ⅱ．①夏… Ⅲ．①长篇小说－中国－当代
Ⅳ．①I247.5

中国版本图书馆CIP数据核字（2022）第197234号

火烧

著　　者：夏裕萱

出 版 人：蔡　旭　　　　　　　　　封面设计：树上微出版
责任编辑：王　艳

出版发行：台海出版社
地　　址：北京市东城区景山东街20号　邮政编码：100009
电　　话：010-64041652（发行，邮购）
传　　真：010-84045799（总编室）
网　　址：www.taimeng.org.cn/thcbs/default.htm
E - mail：thcbs@126.com

经　　销：全国各地新华书店
印　　刷：武汉市籍缘印刷厂
本书如有破损、缺页、装订错误，请与本社联系调换

开　　本：880毫米×1230毫米　　　1/32
字　　数：110千字　　　　　　　　印　　张：6.75
版　　次：2022年11月第1版　　　　印　　次：2023年1月第1次印刷
书　　号：ISBN 978-7-5168-3422-0

定　　价：68.00元

　　茵桑说，你应该去找寻你的队友，你的幸福，你的启明
星。去找你的导演，今后你就是演员，统领自己的娱乐圈。

用生命去创造。你知道吗？这才是梦想啊！

目 录
Contents

荡漾在青春里立春..........................1

关于我也弄不明白的雨水..................10

真正的故事开始在惊蛰....................20

桑嫩野蚕生，花飞蝴蝶乱春分..............30

清明了，就不用再装文艺了吧..............39

在谷雨会有大礼物吗......................48

佐乂最讨厌立夏了........................56

佐乂更讨厌池笑和小满....................66

芒种会不会更短..........................72

夏至已至................................79

话说茴桑最喜欢小暑的小薯与小鼠..........88

茴桑会在大暑出现吗......................95

立秋与木樨蒸来得真快...................104

在处暑解释什么叫木樨蒸.................111

I

·火烧

白露会有什么不同...............................122

热知识：白露之后是秋分.....................133

寒露的区别是多一个佐义.....................145

霜降降霜且被降...............................154

立冬入冬..163

小雪的羊肉真好吃............................172

实名举报，大雪实在太热血.................180

冬至该吃什么好...............................188

小寒小寒，冻成一团.........................197

你说什么样就是什么样的大寒..............205

荡漾在青春里立春

二〇一〇年的二月末，那天去传媒公司试镜，早上出来得急，没有带伞，回来的时候便与雨同路了。我穿着从官园批发市场四百块钱淘来的纱裙，推着我妈借给我的旧自行车，出门的时候还是挺光彩熠熠的，毕竟是我大学毕业后的第一次应聘。

"你回来啦，笑笑姐。"走到那狭小到两人几乎无法并行的胡同口的时候，与人迎面相撞。那是前屋的邻居小弟，是个中学生，他说让他先走一步又能怎样，如今这样我进不去、他也出不来。

我一直觉得我们这儿的路修得虽窄了点儿，但是很规矩，整齐笔直到画起来像是"田"字。

"走开，去看看你们家窝头熟了没有！"我心情不好，所以没好气地说。

"大上午的这么冲，该不会吃了炸药吧。"他梗着脖子，斜着脑袋看我，故意用胳膊肘将我顶去暗红色的低矮房檐下，恰好有一串晶亮的水珠落我脑袋上，顺着沾满刺鼻发胶的刘海进了眼睛。

"慢点！长点眼儿！"

他背着双肩包从我身边冲过去，在横竖交叠的弄堂中嚷嚷："笑笑姐不会又没找着工作吧……"

"真的吗？"

"保真啊，二嫂。"

"我不信，胡说八道。"

"真的！笑笑姐估摸着又得在家打漂儿了，不信等着瞧。"他一脸坏笑。

"哼，等着瞧！"我倒也想对这小子放狠话，可惜那满满塑料感的化纤纱裙裙摆被绞进了自行车轮胎。我蹲下身拽它，沾了一裙摆的泥。完犊子了。别瞧了，现在我是连走都走不了了，我急得想哭。

"姐你不是挺硬的嘛，怎么还急哭了呢……"有个淘气小弟从巷尾探了个脑袋，看着我抹了把脸。

"走开！"我告诉他是雨水进了眼睛，是老天爷在哭泣，可不是我的眼泪。他一溜烟地跑开，嘴里嘀嘀咕咕地不知在说些什么。我咬着上嘴唇，翻了个白眼，想着随他怎么说。

雨渐停了，头顶的太阳光穿透苍老榆树的脉络。

"笑笑。"

我抬头，谁料树叶子抖了三抖，凉水落在我眉心上。身前的人就看着我蹲在地上，我不禁打了个激灵："姐？"按照小说中的规矩，我应该蹙眉然后再问上一句："你来干什么？"不过，向来不按套路出牌的是我，所以毫无主角光环与幸运加成的也是我。

姐姐扫视我，然后俯下身，帮我将裙子扯出，就算下雨，也可以闻到她作响的耳环后溢出的香水味，我常被那种味道唬住。

新买的裙子生生被扯出了大洞，我却屏住呼吸不敢反抗，只能畏手畏尾地推着自行车，跟在她后头尽量加快步伐。

"姐……"

陪她走过邻家大爷种的迎春和已经萎去的银条，她可以带起风，她就像是风，花与草还有我都入不了她的眼。

她好久好久没回家了，久到我以为她连我们家的地址都不记得了。我帮她挑起门帘，家里安静得只能听得见成串的塑料小珠碰撞在一块儿"噼里啪啦"的响声。

有姐姐在，我多少有些放不开，像香山公园里被雪压了一头的花苞。"妈……姐来了。"我朝里屋怯生

3

生地喊。

姐姐盯着我，"妈住院了，我一早来家带她去的，明德医院。"她掏出手机来，给我发医院的地址和病房号。

我忙脱下衣服问妈怎么了。她说妈老毛病犯了，还说是想让我今天好好面试，所以一直没同我说，住院的手续是姐姐办的。

我低头抿唇，有些不敢直视她，恰好有乳白色的雾气从厨房飘出，凝在我的眼镜片上。

"妈真是闲不住，临去医院前，还想着给你做饭。"姐姐抱怨。

白粥顺着锅沿溢了一点出来，蒸笼里的葱肉馅包子散发出诱人的香气。我扯下贴在碗柜上的便签条，那是我妈给我的留言。她祝我面试一切顺利，早日成为可以在中央三套看得见身影的大明星，回家饿了，就喝粥吃包子吧。

我背过身，仰起头，那个角度几乎快与天花板平行。

"笑笑，你快点啊。"

"催啥，就来！"好在擤过了鼻涕，她也没听出我奇怪的鼻音。

姐踩着高跟鞋"嗒嗒"地在前面走，时不时同邻居打招呼，我像只兔子似的跟她身后。

"吃了吗您哪？"

"几年没见着模样又俊了哈！"

"……"

她比我更像明星，用大咧咧的笑声打着招呼。从院里出来，姐姐打算去超市给妈买一点生活用品，我决定先独自一人骑车去医院。

在疏疏的雨丝中骑车，我觉得我可以准确地接下每一丝雨。坑洼的地上有水塘，不管我是骑行还是走路，飞溅的水总会被车带起，沾上裤脚。

"完菜。"边骑边低头卷打湿的裤子明显不是很明智，我觉得车子就快要脱手撞上前头的树了。围墙里面是城市大学，去年上半年我刚从这里的表演系毕业，今天兜兜转转又来到这里。

在表演系众多美女之中，我就像个场记。毕业后，我的室友们该签公司的签公司，该选秀的选秀，再不济也去当了网剧女主角，只有我待在家，像五年前高考过后那样。

"我要天赋没天赋，长相嘛，也没有那么漂亮。学校也不是那么大牌，当然没公司签。"我已经向我妈解释过一万遍，她却一直问，问到我都愧疚了。我不敢告诉她，经典训练试题"抓苍蝇"我总会将它演绎成隔空取物似的"捉苍鹰"，这也是我自己都不想提及的。或许我比较适合话剧吧，我用导师的打趣给自己洗脑。

我记得大四那年的考核是演绎亲人过世的情景。

"哭啊！"

我实在是哭不出来，其实是我实在无法假设亲人去世。

"那你还学个什么劲儿！"

被老师批完我就哭出来了，眼泪扑簌簌地落。我想到了妈妈，如果妈妈不在了，我不知道难过的时候可以向谁泣诉，谁又能抓着把稻香村买的果丹皮哄我。

那天，老师说他教不了我这样的学生。

高三那年的艺考，我幸运到不行，抽到的题目是"和面包饺子"，我脑海中全是妈妈的样子，也按着她每日傍晚忙碌的样子去做了，于是超常发挥，踩线成了南艺表演系的最后一名。

"你要加油啊。"我妈告诉我，让我尽力。

学表演很难，不过语数外也不简单啊。函数、三角函数、立体几何，我觉得我都会，可是一考试总有做不出来的题。

英语吧，语法题还好，就是阅读题，犹豫就会败北，小心翼翼就写不完，我只能说咱 DNA 里就没多少学英语的成分。还有语文，光"之"一个字就有那么多意思，放在文中让我去猜，一点都不爽快。不过高中那时候，我真的以为生活就是直来直去，努力就有回报的。

每每月考，我们中学会以学生总分排考场，从高至低依次往下。一共三个考试间，我在第二间，第二考场的最后一排，最后一个座位。一抬头，看见的恰好就是我们考场的第一个座位，入眼的除去紧张奔跑的时钟还有镀着太阳光的某个身影，我不知道可不可以这样形容。不过我与那人之间大概差了五十名，不管是他，或是他的成绩在我心中都是神一样的存在。

记得有天我去物理老师办公室订正作业。老师讲得特别激动。

"懂了吗？"他问我。

"所以……重力和引力的区别……"实话实说，我没懂。

第二考场的第一名站在我对面，笑出声。他是物理课代表，来抱作业的。

后来出了办公室，他过来搭话："重力和引力的区别就是你有没有认真学物理吧。"

我说我明明认真学的。

他却不听我辩解："你有点漂亮啊，就刚刚。"他问我需不需要帮我补补物理，"我知道你，你是隔壁班音乐课代表吧。"他说或许我也可以帮他补补音乐。

"可是音乐又不考试……"

后来，我们有时候会在一块儿学习。他说我基础也没那么差劲，努力一下，说不定也能和他成为大学同学。

"不过你会去艺考的吧？"

"嗯，怎么了？"

他说我很漂亮，应该去演电影。

"一直很漂亮啊，不止刚刚。"

后来，我就去学了表演，怀揣的梦想不至于演大片，但至少当个女主角吧。不过模考前一晚上，因为急性阑尾炎，我被我妈送到了医院。一通住院、开刀、治疗，又发炎发烧，后来连高考都没赶上。

"怎么办啊……"我快急哭了。

"没事儿，甭急，大不了一辈子和妈待一块儿。"

最后，我妈交钱让我复读了一年，没能考上南艺，更没有奇迹发生，北影中传根本不可能。我的文化成绩，也只能排进第二考场。不过一抬头，第一个位置不再只属于一个人，那上头的身影换了一茬茬，有时候也会被镀上金色的太阳光。

我有时候也会后悔，当时怎么没有更努力成为被镀光的人，虽说确实有些遥不可及，但是我大概可以听见那个位置对我的呼唤。

"喂喂！"不过，此刻我确信有个人在身后呼唤我。

关于我也弄不明白的雨水

　　按照小说的套路来说，这个时候，撞上来的应该是一位男主角，什么送我去医院啦或是帮我妈治病啦，都会被他包揽。

　　我颤了一下，尽量扶稳车，回头，以为会有只属于自己的对视。

　　"姐，你怎么也在这儿？"那是个小妹妹，上午我去面试的公司前台，当时她帮我签名报到，又领我去会议室。

　　"呃……我去明德医院。"我不知道该如何同她解释，感觉怎么解释都说不明白。

　　"嗯，我们应该是同路。"

　　她提议，我们可以并肩骑行。一路上我们聊得还蛮多。她说牛姥姥家的豆沙牛奶酪真好吃，我说这几年学表演已经好久没吃甜的了。她说九花山的烤鸭香到不行，我说这几年学表演，油的东西没怎么吃过。

"哇，这都不能吃啊，那活得还有什么劲儿。"她说我怎么一口一个表演，就对那玩意儿有着那么大的羁绊吗？

倒也不是，树叶上有水珠落在眼镜片上，前方的路特别模糊。

我确实很喜欢表演，哪怕演树演花演丑角演配角，只要脱离了那乌黑一片的后台，站上了打着与天堂的光一般的舞台，我就很高兴，哪怕光对着脸照，会让视线一片混沌。

我喜欢拨开混沌去寻找我认识的人，上次我们汇报演出，《红楼梦》里的刘姥姥分给我来饰。她们太漂亮了嘛，碍于扮丑，所以就让我捡了便宜。

正式演出的那天，我喊我妈来我们学校看看。

"闺女你是女主角不？"

"开玩笑，你妞儿演的可是半个主角。"

那天，我戴着假牙，贴着大黑痣，嘻嘻地傻笑，用一双标志性的很沉的筷子夹鹌鹑蛋。鹌鹑蛋滚落在地，很韧很不服输地弹了几下，扬起的灰与尘，在闪耀的光下只有离得最近的我看得见。我看见我妈坐在最边上，鼓着腮，想笑又没笑出来。

"闺女你怎么去演这种角色了？"后来回到家，她哈着腰，边浆着表演的衣服边小心问我。

"呃……大概就是我们上课都是轮流演的，这次正好轮到我吧……大概是。"

"哈哈，真不错，你演的真不错啊。"

我问她我演的好笑吗？她说她笑得都快流眼泪了。

眼镜上有水，我没来得及把它拭掉，看见绿灯闪起来，我就径直往前冲了。模糊什么的没关系，刺眼也不重要，我说不管前面的路是什么样的，选好了，我都会义无反顾地走。不说为了妈妈，也算是给自己个交代，为自己圆个梦吧。

"那话怎么说来着，不撞南墙不回头？"

"嗯！对对对！还有句三个臭皮匠，顶个诸葛亮？我，我妈还有我姐？哈哈哈。"我告诉小妹妹我还没有男朋友呢。

她说这样啊。"我都快结婚了，想把婚礼定在龙潭湖公园的游乐场。"

"哇，好棒，原来这也行啊。"听她这说的，我心都痒痒了。

"我结婚的时候邀请你，记得来哦，姐。"

"必须的！"

转眼我的目的地就到了，如果一路上欢声笑语，其实也不是很远。

临分手的时候，她问我对于演艺事业有没有什么目标。

"目标？演点儿能让我妈看了会乐的怎么样？"我觉得我可以演 2010 年大火的《乡村爱情故事》，演谢广坤的闺女？或者王大拿的媳妇也行啊。

姐姐已经在医院门口等我了。我和她在住院部电梯关门的那一瞬，冲了进去，"等等！"我觉得我们还来得及。

"十三楼，谢啦！"

"哦！不对！是十四楼……"

帮我按电梯的大爷，左手果篮，右手握着俩文玩核桃。"现在的小孩儿，唉……"他笑着抱怨我太莽撞。

我深呼吸，然后下电梯，到病房门口，看见妈已经睡下了。姐告诉我，像妈这样倔强的老人真难处啊，老毛病也不是一两天了，过去让她看大夫她也不来，整天就吃些不痛不痒的药来维持。

"所以现在呢？"我握住走廊上专为走不动路的老人准备的栏杆。

"有个什么新疗法……就是……"

"就是什么？"我仰起脸望向她，在她身上还残存着我可望而不可及的刺眼光芒。"姐……"我催促她快说。

"就是有点贵啊。"她挑眉。

"多贵？"不知是我心急还是怎么，我总觉得今天我们之间就像是算盘珠子，一拨一动。

"一次九百，一周三次。一年就得花上十几万。"见我上唇蠕动可又没说出话，姐又说，"医生说，就算做这个治疗，能再活个……"

"姐，你还有多少钱？"

"干什么？"

"你先付……"

"干什么？"

看她急，我也急："你先垫！"我觉得心口好痛啊，痛得要死，不会我也有什么毛病吧，如果是我得病就好了。这样就不用努力筹钱，希望那时候我可以跟我妈写个保证书，像小时候保证不再骗她的钱买麦芽糖一样。不得不说，这辈子的剧本儿可真挺失败的啊。失败透顶！要是爸妈没离婚就好了，妈也不会这么辛苦地拉扯我们姊妹。租小铺、和面、绞馅、包包子，从早忙到晚，喝不着一杯水。

"我没钱！"姐以为我看不见，抹了抹并不像白葱似的手，指尖上戴着漂亮的钻戒。

"你骗人！"我几乎快哭出声来。而她也噙着泪，说自己是创业关键期，资产都已经投出去了。

"资产"这个词啊，离我很远很远。我想要是姐姐没去创业就好了，如果这样，她应该会坚定地帮我垫钱。

"等我工作了，我还你啊！"

"等你工作啊……"

要是我去年没复读就好了啊，哪怕我去电子厂，我也可以赚钱，我也有积蓄，而不是像现在这样，面前是酸涩雨水、一片迷茫。

看着妈妈苍白的脸，我不禁想起自己小时候，在院子里踢毽子，不小心踢去了屋顶上，妈妈会来安慰我。中学时候，数学考砸了，妈妈也会拿钱去巷口买来绕绕糖，把我当成幼稚的孩儿哄……

卖房子吧，灵感像春雷乍现。卖了那两间四合院里的房子，那房子太烂了，破到我再也不想见到它。那里面就是徒有四壁，壁上还贴着我从幼儿园到大学的所有奖状，不过都是属于最后一名的安慰奖。院里的邻居，一句话可以传百遍，我觉得我的糗事快传遍整个北京了。

"卖房子！"

"对，卖房子！"

在这件事情上，我与姐少见地达成一致。

"不能卖……现在不能卖，现在……"我妈明明刚才还睡得迷糊，一听到卖房子便清醒了些。

"妈，都这时候了，治病要紧啊！"我扬起嘴角。

妈妈闭着眼，只是喃喃地说："现在不能卖，等笑笑结婚的时候，再把房子卖了，钱你们姐妹一人一半。"

"笑笑，等你结婚时，嫁妆也有了。"她紧紧地闭着眼，在一片漆黑里畅想未来，生怕睁开了，与脉搏一同跳动的梦想微光会消逝。后来，她又喊我姐："小落，你房子的首付怎么说啊？"姐背对着她，并未近身。

"哎哟，你在说什么呢。不讲了，不讲了，我走了……"我悄悄告诉我姐，马上回家请房屋中介公司来拍照片，不过半天，就一定可以在那泛光的玻璃上看见我们老房子的照片。挂一个低一些的价格，快快地卖掉。

"哎，笑笑，妈不同意咋办？"已走出十来步了，我又被叫住。

"我有办法说服妈妈的！妈妈一定会同意！"我用很大的力气转身向她挥手，像远征的战士那样。我觉得，卖房救母简直就是我这辈子做过的最棒的决策。可以告诉你们的是，妈妈最终同意了卖房，听说新房主是位戏剧演员。

回到家，我去洗手间挂衣服的时候，不小心将早上纱裙上的泥蹭到了边上我妈刚帮我洗过的衬衫上。

"嘶……"

这条裙子真讨厌呀，我打量着它，思考着没有我妈的帮助，我应该怎么清洗它。妈不在家里还真有点不习惯，她身上有面粉和小苍兰的味道，就是那种在公园里随处可见的白色小苍兰，所以她为我洗的衣服上也有花味和馒头味。我洗干净手，去厨房拿了个妈妈蒸好的葱肉包子，妈妈做的包子，我从幼儿园吃到现在。

高中那会儿，晚上我不喜欢去食堂吃大鱼大肉，我妈便站在学校围墙的栅栏缝那儿等我，递进我爱吃的包子。后来上大学了，钱花完的时候还是会回家蹭包子。一开始我琢磨不透，舍友和我明明拿着一样的零用钱，怎么总是我先花光，后来才知道，原来人家有副业，礼仪小姐、服装模特儿都找得到。人家都成香饽饽了，只有我还在白吃饭。

看来我这是白吃了几年包子啊。我边吃着手里的包子边打开窗户，有新鲜气儿进来，似乎一切都有奔头。我很快就不是吃白饭的人啦，我投了好几份简历，看哪份能录用我，去工地搬砖或是在工厂当厂花儿，还有女明星……先干起来再说吧。哦，对了！就是有句话一直没能说出口，特憋得慌。今天早上的面试其实我是通过的，也能算是女明星了吧。那个公司说，如果我能交纳十万元培训费，就可以送我去韩国包装一下，过几天回北京出道，简直是前途无量。我告诉面试官："我考虑一下吧……"考虑怎么凑够十万元，不过现在不用费脑筋了。

"行，你考虑下吧，尽快答复，毕竟青春只有几年，时间很宝贵。"

反正我已经够格了！我觉得这句话，应该之后都不会说出口了。正这时，有电话打进来。

"喂？"

"姐，是我啊。你早上面试时的那个……"

"啊？"我期期艾艾问怎么了。

小妹妹告诉我，他们在拍戏，一个女艺人档期冲突了，"有时间来救个场吗？"

"我？"

"对，你啊。"

二月北京，居然就有飘飘的柳絮了。

"是个什么样的角色呢？"我开玩笑地问她，"是女十四号之类的小配角吧。"

"你也太小看我们了吧。再猜！"

"不会是女四号吧……"

她不再逗我了，"其实是女二十号啦。"

"我明白……"

我对着纱窗上的柳絮，轻轻一弹，柳絮便又去了风中。春风中的有些事，就让它留在风中吧。

"不过我们片酬还是很多的……池姐，来试试吧。"

我本是不该抱希望的，"很多是多少？"

"大概十万吧。"

"多少？！"

"十万！"

"你没看错吧！"

"哦哦……"电话那头模糊了一阵子，"看错了，不好意思！其实应该是……"

真正的故事开始在惊蛰

很小的时候，我总觉得自己漂亮得不行。喜欢在午睡时间，站在床上披着红绿相间的大花被扮仙女，这大概就是我最初的"演艺之路"，为此，我被前屋的弟弟笑了一整月，姐姐和妈妈倒是一直在安慰我。

后来，高中准备艺考的时候，在一个叫薪火的培训机构报了培训课。我和好多同学站在高到跳起来也摸不着顶的镜子前练习，我觉得我也不是那么漂亮了。

再后来上大学，我几乎想嘲笑小时候觉得美到不行的自己了，不过我还是一直想演下去，不论成不成大腕儿或是挣不挣得到钱。片酬多少没关系，就当是送给自己的青春礼物吧。

"报告！姐！我又看了一下，如果演得好，可以拿到一百万！"

"哈？一百万？"

"嗯！一百万！"

一百万啊！我这辈子还没见过这么多钱！一百万可以买下两套我们家的小破房，一百万我可以作为偶像练习生在韩国被包装十年，一百万我们不用把房子卖了、妈也可以治疗整整五百二十周。一百万是梦！是我妈做的一百万个包子。

"我要演！"就算是为了妈妈我也要演啊。

"姐，你真厉害！"小妹夸我。

"厉害，牛，个顶个的牛……盖了帽儿的牛！"我问她，我要几点过去，片场在哪儿。

"雏菊城，新贸南街十七号的雏菊城。我们实景拍摄。"

"好！"我没多想。

"拜拜，姐，过会儿见。"

"等等，别挂……"我问她，"我要带些什么衣服吗？"毕竟第一次拍戏嘛，有点紧张，也没啥经验。

"都可以的，其实……今天早上那件怎么样？"

我支支吾吾，不敢告诉她那上头蹭了泥，还大片地抽了丝。

"没事儿！随意吧，大明星！"

大明星……大明星！

　　我穿着纱裙骑自行车，后来车胎没气儿了，就不得不在雨中狂奔，路上擦肩而过的人看我，像看逃婚的新娘。不得不说，雏菊城还怪偏的。那里低矮的楼是灰色的，天也是灰色的，那个小妹妹也是一身素色衣服，站在门口等我。她说我真慢，害得她一通好等。

　　"对不起啦。"我"一心向戏"，去了便问她要台词本儿。

　　她告诉我，刚刚导演等不及先走了，走的时候带走了所有的脚本。"没事儿，到时候你随便说就行了呗，我们后期可以配音的。"

　　"这么先进……"

　　小妹带我去了一个刚布置好的办公室，看着一整栋房都落满灰尘，我却可以在这不相称的崭新的屋子里表演，我就忍不住庆幸，咱也是科班出身的小明星哈，这么几年表演没白学。

　　"今天呢，你要扮演的角色是一位在传媒面试失败的落魄女大学生。"

　　"这我擅长。"

　　"哈？你也没有很落魄吧。"

　　我尬笑，"嗯。"

"那就好。"她心不在焉地答。

摄影师和一个助理小哥儿架了两个机位，我顺势坐到面试者该坐的地方，妹妹帮我整理好衣领便退去一边，"一切顺利，过会儿见。"

"那……那面试我的……上司呢？"我倒有点儿紧张了。

窗外天色愈暗，雨点不减。

"这场戏只需要补一些你的镜头，如果你需要，我来作上司配音吧。"助理小哥的声音很轻很轻，不知道是不是因为雨声嘈杂的缘故。

"三，二，一，好，开始。"他坐在我对面。

他说："别紧张，如实回答就好。"

我凝视着他蒲公英种子般细腻浓密的睫毛，我觉得如果再专业一些，比如，开拍后不再说废话，那么他也可以当演员。不过问题不大，后期可以制作，可以反悔。

"姓名？"

"池笑。"

"年龄？"

"二十五。"

"大学？"

"城市学院……表演专业。"

助理小哥的语速真快，手也快，他拿着笔"唰唰"地记，有板有眼。

"想当演员？"他忽地抬头，眼神交汇，吓了我一跳。他一定看见了我眼中两束渴望的光芒。

"嗯！喜欢表演。"

"为什么喜欢？"

"就是喜欢，小时候的梦。如果贵公司录用我，我可以二十四小时无休地跑通告、做宣传。我可以淋雨、拍夜戏、演僵尸！搞笑的、搞怪的综艺也可以……"

"好。"他微笑着看我，笑得像春天里亮得淌油的太阳。我报菜名似的一通说，说得头晕，有那么一刻，我以为窗外的雨声就是谢幕的掌声。

"非常好，卡了！"

就在摄影师说"卡"的那一瞬，春雷惊响，有白光闪过，转而消失殆尽，但那声音绝对吓人，不知会进入哪些酣睡人的美梦啊……

"姐……醒醒呀……"当我眨眼，闭眼再睁眼后，看见的是一个眼睛很大的小姑娘，和前台的妹妹长得有点儿像，但是可以肯定的是，这俩肯定不是一个人。因为眼前的这个人我认识，是我的同班同学白白。白白捅捅我的腰，示意我该下场了。

这都是些啥啊，有这么巧的事啊，在舞台上做了个一枕黄粱的美梦，还一百万……

环顾四周，除了眼前有刺眼的强光之外，身后身侧都是一片漆黑。这是个舞台？！这个舞台……可有点熟悉啊！来不及看那么仔细，身后的白白连推带拽给我拖去了后台。

"池笑。"

是有人在喊我的名字吗？白白见有人过来，踮起脚，拍拍我的肩膀，告诉我她先走了。

"啊……好。"

"池笑！"

我回头，恰瞥见他瞳仁的最深处，有彩虹一样颜色的火花。"佐乂？"我下意识地叫出名字。

"池笑你好棒啊。"他浅淡地笑，一步一步地走过来。他说我的表演，他在后台都看见了。

"是嘛，谢谢你啊。"这个梦好棒啊，紧张的表演刚刚结束，还有朋友的鼓励。佐乂走过来，他有些高，在我身后用双手按住我的肩，将我按去一个化妆镜前。

"呃……诶诶？"

镜子里真的是我的脸！专属舞台的大浓妆也盖不住满满的胶原蛋白，好年轻啊。

"池姐，我先给你换个妆，然后你再去换表演服好吗？"

"呃……"这是什么意思啊，表演还没有结束吗，"下面一场……"

"嗯。"

我看着镜子中有骨节分明的手拿着片卸妆巾想擦我的眼角，我忙将它推开，"下一场的台本可以递我一下吗？我想再看一遍。"

"当然。"

"谢谢你，小义。"

他摇摇头，蹲下身，帮我抹上素色口红，"姐，你不会忘词的。"他轻声细语，却将我的潜台词读尽，他让我抿抿唇。

我读着台本，没注意他说的话。剧本分上下两场，大概就是一个面试失利的女大学生意外回到中学时候的故事，有点儿耳熟啊……低头看看自己身上那莹白的纱裙，不出意外，我扮演的应该还是女主角，我呼了口气，拍了拍腿。做个梦都好紧张啊。

"谢谢你，小义，你剧本写得真不错……"喂喂喂，我在说什么啊，有些人紧张就会胡言乱语。

"是吗？"佐义没有否认，他直视我，或许是在欣赏自己化的妆，"也谢谢你池笑，愿意把剧本演绎好。"

喂喂喂喂，这真是他写的啊？

"好了，你看看怎么样。"他示意我可以去换下一场戏的衣服了。

"那个校服……"我看见剧本里说是要穿校服的。

"白白，池笑校服你看见了吗？"

白白屁颠屁颠地跑过来，"姐的校服不见了吗？"

"池笑你最后一遍彩排的时候，不是把校服和你的衣服挂一起的吗？我看见的。"佐乂挑眉。

"好像……是的。"

"对哦。"白白已经换好了衣服。我问她有没有看见我的衣服。她说没有，"你自己去看一眼呗，笑笑姐。"

不得不说日子过得好狼狈啊，从小的时候到现在都是这样，考大学的时候拉肚子，就连第一次拍戏都能睡着。然后就有了一个这样的梦，好不容易做了次女主角，衣服却不见了，更别说一句都记不得的台词了。如果是在梦里，就大胆去表演一个女一号吧，就恣意地演好我这辈子第一个主人公吧。

"白白，"佐乂的目光停留在校服下摆写了个人姓名的标签，"你确定没有把自己的和池笑的搞混吗？"

"没吧……没啊？"

"嗯？你确定没骗我们？"

"佐乂，没事的。"我佩服他洞察一切的眼睛，"白白，去准备吧。我马上来。"

我决定了，我就要穿这个纱裙上台。"小乂，帮我换个发型好吗？不用全盘上去，鬓角放下来，发胶给我，谢啦。"

佐乂的原剧本写的是，毕业女生回忆学生时代发奋学习，观点和情节大多依靠台词展现。现在离上场仅有三分钟，背下所有的台词根本不可能。

"我是这样想的，衣服不用换了，把台词也去掉一些，下一场的主题更改成主人公回忆自己小时候对未来的期望，本以为可以从头再来一次，醒后才发现原来是个梦。这样可以吗，小乂？"

"穿一件衣服，贯穿始终，从开头失意到中间部分所谓的涅槃重生，最后才发现都是黄粱一梦？可以，很不错！"佐乂将发胶抛给我。

"谢了。"我给自己涂上大红唇，他好懂我，将我的眼线抹得半花，"最后独白的时候，记得提醒灯光师把光给我。"

"明白。"佐乂含笑。

我在脑中携着他的笑容，走上舞台，走进灯光。

我拨开别在脖颈上的麦，"别紧张啊，白白。"

"笑笑……姐？"她仰头看我，惊讶我居然真的没换衣服，"池笑，你也别紧张。"

如果不出意外，在我的生活中，我一定会当好主人公，是不让编剧失望的那种大女主。

我在舞台中央转圈儿，扬起尘埃。在过去的时间里，我就是尘埃，我甘心无足轻重。但是现在不一样了，有一束光是射向我的，我知道那是佐乂的策划。

其实光也没有那么刺眼，我甚至可以看见舞台之上漆黑的顶棚。台下有那么多人，第一排中间偏右的那个甚至有点儿像我姐姐，偌大的地方，只有我这儿有光。

如果这不是梦就好了……

表演完了，佐乂从后台出来，站在我边上同我一块儿鞠躬谢幕。掌声响起，铺天盖地。

这么响的声音怎么都没能让我惊醒？有没有一种可能，这不是一个梦？

桑嫩野蚕生，花飞蝴蝶乱春分

有没有可能，这不是一个梦，而是一串梦。第一次站在那么多机位前拍摄，结果一紧张就昏倒了或是睡着了。我猜就是这样。

然后就做了一个很长很真实的梦，梦里有我没去过也没见过的风景，有不认识但是很有趣的朋友，梦里可以体验到做主人公的感觉，真的好棒啊！但是我还是想尽快醒过来，醒来万一有一百万元呢？给妈妈做治疗，然后还可以为姐姐的生意添点儿资金。

我怔在舞台上，眼神愣愣地锁定第一排那个特别像我姐的小姑娘，后来她起身，才发现不是。我目送她往外走，边走还边同朋友聊着天。

"池笑。"

"诶！"忽然被人拍了背，不免吓了一跳，"佐义……"

"走，送你回家吧。"

"哎呀，不用不用，哈哈哈哈……"不愧是女主角啊，回家都有人送，我笑着拒绝，故作矜持。

"嗯？"他扬起唇角，"走吧，带你回家。"

"哈哈哈哈，你太客气了，小义。"

我被他拽出剧场，大街上的空气里都弥漫着孜然味和羊肉味儿，喇叭中传出带着新疆口音的普通话："羊肉串，羊肉串，现烤现卖。"佐义建议，我们可以先去吃点东西，垫垫肚子。

"吃什么？池笑。"

"烤肉怎么样？"

"嗯，不过我原先想……"他一边忙不迭地去推自行车，一边嘴里嘟囔着什么。

"你说什么？"

"没什么。"

"绝对说了！"

"没有……"

我们这样僵持不下，然后双双沉默不作声，直至去到烤肉店门口。

我问佐义你究竟刚才想说什么。

"喝粥吗？"他低声说着，为自行车上锁。

"走啊，那就去喝粥啊。"我踢自行车的脚撑，车差

·火烧

点儿倒下，幸好有佐乂扶住。

"你没生气吧……"他小心翼翼地问我。

"喂喂喂，佐乂你骑稳一点啊！"我侧着身子坐在后面，屁股特别痛，还要时刻担心会不会摔下来。"我平衡能力也没有那么好。"我给自己找了个理由，然后环住他的腰，比我的细，很羡慕，很嫉妒。

佐乂说我今天怎么学乖了，知道拉着他了。若放在平时，他带我的时候，我一定会展开双臂，放言：摔死也不要扶他！

"明明不会骑车还逞什么能啊。"他抱怨。

"那你教我骑车呗。"

"不好。"

"哈？为什么？"不会是因为我太重了，他不想帮我扶车子吧，好尴尬啊。

"有我在啊，我载你就好了。"佐乂说，如果不出意外，他应该会一直在。

我们在店里点了不少东西，喝粥吃包子。我看着佐乂大口地吞咽，像小老虎，还是饿了很多天的小老虎，好可爱啊。

"池笑别这样看着我好不好。"他帮我舀了一大碗甜粥，"现在凉了，可以喝。"

"好棒。"我告诉他这个粥真的很香。佐义白我一眼，说原先有个人一直最讨厌这个粥，说喝了喉咙痛。

"没有这回事儿，你怎么这么记仇？"我告诉佐义我可以天天喝这个。

"不会腻？你确定？"

"不会腻！"

"那从明天开始，我早饭就给你做这个。"他说他倒要看看坚持到最后的是谁。

"你会做这个啊，有点厉害嘛。"我做饭特别菜，是那种煮个饭都会糊锅的人，所以看谁都厉害。

佐义白了我第二眼，"不是给你做过很多次吗，你忘了？……"

差点穿帮，我忙将食物塞进嘴里，搪塞过去，然后展开新话题："这个烤包子也好吃诶！有点噎人，但是很脆，还有汁儿！"我问小义会不会做这个。

"会啊，当然会，小学的时候就会了。"

"那这个呢？"

"会的，这个很简单……"

"还有这个。"

"这个啊……三年级就会做了。"

"……"

这个人好可怕，怎么什么都会啊，我挠头。然后指向隔壁桌的罐子肉，"这个，我要吃这个，这个你肯定不会吧。"

"……"他咽下最后一口粥，"我可以学。"

我觉得，佐乂是那种老板最喜欢的员工，什么都会做，什么都愿意学，加班还不用付加班费。

其实和他聊天特别没意思，你可以猜到他下句、下下句、下下下句会说的话。

"吃饱了，就走吧。"他催我去付钱。

"哈？"我又有点搞不明白了，一般不都是谁点菜谁付钱吗？或者 AA 制也行啊，怎么还能这样……

"别看我，你知道的，我身上可是一分钱都没有。"他掏口袋给我看，除去一包面巾纸，其他什么都没有。

佐乂是一个很奇怪的人。

"等等，池笑。"我走出去，他又喊住我，"我身上还有这个，给你了，抵饭钱吧。"

他拿出一条绣着紫花儿的黑裙子，他告诉我这是按我的码做的："过几天挪巢，这个就是你今年第一件新衣服喽。"

有猫腻，这家伙怎么会知道我的尺码，我们有这么熟吗？

"佐义，你别告诉我这花儿也是你绣的？"

"当然了，不然是谁绣的？你吗？池笑。"佐义嘴挺硬。

"好合适！好漂亮！"可我还是有点儿激动，这是这辈子除了我妈外第一次有人亲手为我做衣服，还绣了花。这是在梦中吗？

"看把你美的，我是会做衣服的人吗？我是会绣花的人吗？买的！因为这件衣服很配剧情。"他说。

看来我是想多了。

我坐在佐义的自行车后座，揪着他白衬衫的衣角。不愧是我这个吃货，带着肉味儿的晚风吹得我心安。已经好多好多天没有这么认真地闻过风了，我几乎有点希望这不单单是个梦。

"佐义？"

"干吗……"我就知道，他一定会懒懒地，还带点不耐烦地回答。

"佐义。"

"干什么？"

"佐乂啊。"

"嗯。"

"佐乂！"

"池笑！"他打响自行车铃，吓了我一跳，"这几天你有点奇怪！"

现在轮到我担心了，佐乂好聪明，这个梦不会马上就要被拆穿，如泡沫般破灭了吧。我似乎有点儿舍不得。

"有吗？"

"有啊。"他说今天表演的时候，我冷静得不像我。确实如此。"其实……你可以穿我送的那条裙子上台。"

"对啊！你为什么不告诉我啊！害我白紧张一场！你居心叵测，你真坏啊……"

他嗫嚅："才不要……"他想让我在过节的时候穿，"但是，如果你当时没有想出那么棒的表演方案，我是说如果，我大概也会拿给你。"佐乂怕我真的生气，忙补充。

不愧是佐乂，简直比我妈还细致！

"好了，到了，下车！"他带着我到龙山公园，看篝火晚会。佐乂还是有点儿浪漫细胞的！

这边的空气好干净，抬头可以看见星星。在城里就看不见这么多星星，只有自己做自己的星，每天还没升起来呢，就要落下去了。像是走红毯，却不让人家拍照，明明不是明星，却比太阳还忙还累。

"脖子仰那么高干什么？累不累啊？"小义关心我，"池笑像个傻瓜一样。"

"佐义你懂什么？"我也有点担心他，担心他还能不能那么能干地把自己也照顾好。

我这种情绪明显是多余的，他一开始拉着我逛，后来开始嫌我碍事："待这儿，别动，知道了吗？"他去找他认识的人了。

"嗯。"我这样回答，心里想的却是：等你一离开我就去切一大块切糕，假装付不起钱被扣下来，让你来找我，帮我付钱，抵今晚上的吃饭钱……我自豪我的坏点子。

"丫头……"有人过来搭话问路。这时候，佐义又"唰"一下现身了，他帮回答，让我以后别和陌生人多讲话。

"你也太小心了吧，我可没那么漂亮，没人要拐我走。"

"不是的！"他张开拳头，里头是葡萄干、巴旦木和巧克力，"池笑你怎么那么幼稚。"有火光攒动，一闪一闪，映在他脸上。

　　我们去没有人的地方看篝火，这次我们不再充当车水马龙中的路人甲。

　　"今天真的好快乐啊！"我好久没有这么开心了。

　　"那我们就努力让每一天都像今天这样快乐啊！"佐乂把巧克力全部塞给我，他说他不喜欢吃甜的，我就勉为其难，抛弃"女明星"的体重管理素养，全部帮他吃了吧。

清明了，就不用再装文艺了吧

"池笑，有什么事吗？"他问。

"没有没有……"我特别怂。

"没事还叫我。"佐乂干笑道，"还有就是，叫我小乂就行，叫佐佐干什么？"他明显有点把持不住，不过还是冷静解释。"出去玩啊。池笑，你作业写完了吗？"

"你呢，写完了吗？"我反问，想拉个人做垫背。

"不然呢？"

"十天假期的作业你都写完了？！这么厉害的吗？"一般碰上长假，我都会在最后的晚餐之后才开干，然后通宵达旦到第二天的六点半。

"当然，都写完了。我先一个人玩一会儿，你快点儿写吧。"

在哪里都逃脱不了写作业的宿命啊，我被赶去学习。写到一半的时候，佐乂推门进来，把我的作业本抢了过去，"不是吧池笑，函数还没学会吗？"他也没有很认真地看，只是瞥了一眼。

"不是，是忘记了。"

"忘记啦？上周才跟你讲过的。"他说我养的小狗都该听会了，他今天脾气好坏啊，我没见过佐义这么暴躁。

"对不起，小老师。"我偷偷仰头看他，"再讲一遍，一定会！"

"哼。"

"……"

后来在他的帮助下终于写完作业了，我准备出去放风。在推开大门前，深呼一口气，仿佛憧憬着置身于繁华的商圈之中。当我的手触及门的那一瞬，佐义先我一步"哗"一下推开。一眼看不到头的是深深浅浅的棕色，那是还没长出棉花的棉花地，是连着片的看着就扎人的荆棘。

搞什么嘛，我愣在家门口，有灰尘进了眼睛。不过没关系，这样也不错，闹中取静。我揉眼睛。

"池笑你快点啊。"佐义催促，他提议去地里种点什么，"现在把葡萄种下去秋天应该可以吃。"

"佐义。"我指指那些棉花地，"有点像你。"

"这是什么奇怪的比喻。"

那时我妈和我爸还没有离婚。他们还在做着生意，反正挺有钱。为了能够照顾日常生活起居，爸妈从老家请了一个熟人来做住家保姆，这样知根知底一些。保姆阿姨还带来了一个免费的家教小老师——佐义，他是她的儿子，他俩都住在我家里。爸妈找了人，把佐义安排进了我的班级。

我们年纪一般大，很快成了好朋友。我们每天很开心地种花种草，一切都欣欣向荣。一晃就是几个月，那是几个比绿皮火车还要慢的月份。我们看着棉花一点儿一点儿地长开，每一周它们都在变大，都在成长。

我和佐义每周必去一次百货商场。佐义说可以屯些干果了。大李子、大杏子、大柿饼，好大好甜好想吃！晚上的时候，我躺在床上根本睡不着，净想吃的了。我要告诉佐义，我们下次要挑上面挂着最多霜的柿饼。我跳下床，去一楼找他，没来得及穿鞋。路过爸妈房间的时候，听见他们在窃窃私语。

"这个月给落落的钱打过去了吗？"

是关于我姐的！

"打了。"我妈叹气，"打了她也不用。"

我庆幸我没穿鞋！我蜷在房门口，耳朵就贴在门上面。

"是……打不打也就那样……"

我以为有爸有妈还有钱的日子会丰富多彩，会与从前大不相同，但是，后来发现也就那样吧。大家一有钱，就开始围着钱转。说不好听的，我觉得有没有个爸爸也差不了多少，他天天出去谈生意，回家仅仅是为了吃饭、睡觉。我还是喜欢原先忙着做包子的妈妈，现在的妈妈老是关心我的成绩。最常干的事情，就是拿我和小义比较。她总会说：你看人小义怎么怎么，你再看看你……

"你在干吗？"

"啊……"

被发现了！

我起身想逃，却刚好撞到他身上。

"佐义！你吓死我了……"

"明明是你撞到我了，快道歉。"他揪着我睡袍的领子，问我想干什么，"不会是起来偷吃的吧，池笑。"

"啊啊啊，是是是。"

他揪我像揪小鸡，逼问我为什么不好好吃晚饭，吃他亲手烙的饼。

"那我下次好好吃。"

"不许吃，饿着吧你。回去睡觉。明天可以吃葡萄，我们上次种的那个。"

对！明天早上，我一个人去吃，把它全部吃光，一颗也不给某人留！哼哼。

翌日清早，我连早饭都没吃，就跑去了棉花地的最边上，用佐义的话形容就是"鬼鬼祟祟"。远远地，就看见顺着架子爬了老高的葡萄藤，我好久没去看它了，难为佐义还天天跑过去浇水。所以，看见长那老高的葡萄，我有点儿激动，丢了篮子，就往那儿跑。我觉得，长大之后小义会成为一个好妈妈。不对！应该是好爸爸！

不过尴尬的是，我飞快地跑过去，才发现那下头站着隔壁家几个小孩，他们挎个小筐，也在那儿摘葡萄。我怀疑，那究竟是不是我们的葡萄藤。后来脑袋里一直浮现佐乂那软绵绵的笑，就是把葡萄种下去的那天，他露出那种浅黄色月牙般的笑容。

"喂。"我走到那些小孩子跟前，低头看他们，"这是你们家的葡萄吗？"他们看着也就七八岁，个儿不大，就到我大腿。他们怔怔地看了我一眼，然后，"呸——"籽儿在空中划出一道抛物线，粘我新换的裤子上。

"佐——乂——"

有个人在田埂上风一般地闪过，那是我。

我火速跑回家报告："有人偷摘我们的葡萄！佐乂！"

他看我如此义正词严："谁呀？还有人敢偷摘我们的葡萄？"

"隔壁小孩儿……他吐我葡萄籽儿……他缺德！"我急得语无伦次。他让我别急。

"是我们春天种的那棵！"

佐乂笑容消失，"什么？找他们去。"

"嗯。好好教育！"我就说，他会成为很棒的监护人。

那天，我们穿过狭长的田垄。我忽然联想到从前在窄小的胡同口，被人推搡，沾了一身泥水那事儿，我觉得我不会再经历那些事情了。

"你为什么比我还生气？"我问佐乂，我没见过他那么生气。

"我没有生气。"

"有！"

"没有。"

"有！"

"……"他停下脚步，回头瞟了我一眼，"你说有就有吧。"佐乂折下那根很长的，几乎快要扎我身上的棉花茎儿。

太阳从头顶上射下来，佐乂与我共用一枚影子，我们似乎还会是一个整体。像葡萄藤和木头架是朋友，我们也会是朋友，不可以分开的朋友，我是藤，他是木头。不是说他带领着我长大的意思，佐乂是木头，是因为，他很木。哈哈哈哈哈哈。

"喂。"佐乂低低地喊了一声。他被强烈的阳光刺得睁不开眼，可还是皱着眉头，直勾勾地盯着那些小孩子看。

"可他们看都不看你一眼唉。"

"嗯。"他应声，低下身，后来又抬起手。

"你干什么？！"

有颗很小的、比 4B 橡皮都要小的石子，划破天空，与原先葡萄籽的弧度相重合，我知道，那大概像是我的第二轮太阳。

石子砸在了那孩子裤腿上，后来又落在地上，落在满地的籽儿中央。在那一刻，诸色人等，悄然无声。

"可以啊，不愧是你。"

我记得，那天佐乂说："你要燕子，我也会给你砸下来啊。"

"不要，我才不要呢。"

我们近身，那几个小孩子吓得哇哇大哭。

"别哭了。"佐乂蹲下身，想抱抱他们，可那些小孩子直往我身后躲。"看你往哪儿躲。"他赶鸭子似的抱起一个。佐乂说小孩子真烦人啊。

我收回方才的话，我又不认为他能当个好爸爸了，我看着佐乂那不是很宽的肩上扛了俩孩子。有个小妹妹，被他肩膀后面那块大概是叫"蝴蝶骨"的骨头硌疼了，痛得直哭。

佐乂只好把人家放下来，蹲下身，拉着她的手，给她摘葡萄，"别哭……"他懒懒地瞅着那些孩子，渐渐地又放任他们摘葡萄了。

"那不甜，让他们吃吧。走，我们买更甜的去。"他推来自行车，"上来。坐稳了没？"

"别的男生看见小孩子不是会手足无措吗？"我发现了奇怪的问题。

"那就说明我不属于'别的男生'呗。"

"那你是什么？"

他单手骑车，另一只手给我顺了颗隔壁小孩儿家种的"不甜的杨梅"，"笨死了，我是天选之子呗。"

我懂了。佐义是记仇的、没钱、会做饭、会缝衣、掌握函数、扔石子儿贼准的 —— 天选之子。

"那我是什么？"我又问他。

"你嘛，"他回头，"天选之子之子呗。"

"呸！呸呸呸呸呸！"

后来我们在集市上挑水果。远远地我就看见一个人，穿着蓝底白碎花儿的裙子，像那年大火的电影《夏日么么茶》里面郑秀文扮演的那个 Summer，还像池落 —— 我姐。特别像。我近视，所以走近了看，她也向我走近。

"池笑……姐。"

"你？白白？"就是那个藏我校服差点让我出丑的女孩子，买个水果都能遇上她，这是什么运气。

"小义哥也在啊……"

话说后来我的校服在学校不可回收垃圾桶里找着了，我本想捡回来，可又被佐乂扔进了可回收垃圾桶。重订了一件校服，花了我八十八元。

"呃，你好。"我咬着牙和她打招呼。

"笑笑姐！"她拥抱我，"你知道吗！周一就是我的生日了，对，就是后天。"

"生日快乐。"佐乂比她高得有点儿多，所以几乎可以俯视她。

"只有一个生日快乐吗？"

"你还想要什么呢？"

"开玩笑的，小乂哥一句生日快乐就够了。"白白笑着跑开了，"周一见，笑笑姐！"

我同佐乂相视，"你说白白想要什么？"

"喏，葡萄，很甜，给你。"

佐乂觉得她说不定想要一份很大的礼物。

"很大的礼物……有可能啊。"我们莞尔一笑。

在谷雨会有大礼物吗

关于周一是白白生日的事情，我与佐乂都不怎么上心。甚至当天早上，我还拉着佐乂去麦当劳吃了个 AA 制的早餐，为此险些迟到，最后在同学的注目礼中踩着上课铃的尾巴进了教室。

课间我提着买的好货同佐乂聊天，我说白白的生日还挺奇怪，七月七日究竟是乞巧节还是鬼节呢？佐乂"嗯"了一声，没有接茬儿。上昏昏欲睡数学课的时候，我悄悄给他写小纸条，扔在他脚旁边的地上。他坐在我后面，我喜欢把板凳往后挤了又挤，所以每次我这儿的地方就特别大。佐乂每次都没什么反应，有时候会意味深长地喊我的名字，比如今天。

"池笑啊……"他边喊边弯下腰，捡起我丢在地上的小纸团。

我在小纸条上写："今天我想要吃西点。"

"好。"他潦草地回信。

"鲜奶蛋糕，很好吃的。"

"好。"

"你请客，好不好？"

佐义眼皮都不抬一下，就往纸上写："好。"

"真的吗？"我问他。

他看了一眼："好什么好！好好上课！"

"哦。"

我回过头，佐义却又开始捅我的背，我听他的话不再回头，他就揪我领子，把小纸条塞我脖子里。

"你干吗啊！走开……"

老师看见我们的骚动，"佐义！上来解题！"老师说一共五道题，计时五分钟，错一道这节课都别想回座位了。

"是，老师。"

"已经开始计时了，我去拿个'小蜜蜂'，五分钟之后回来。"

"是。"

佐义乖乖地答，可老师一走他就掰粉笔头直对着我脸砸，众所周知，他手法很准，那浅红色的子弹擦着我右边的脸飞过去，在鼻梁至脸颊处蹭上节日油彩般的玫瑰色腮红。粉笔最后停在身后白白的课本上，"叭"的一声，碎得四分五裂。

"小义，快别欺负笑笑了！"白白简直就是正义的小天使啊。

佐义没理会她，他指指黑板上最后一道题，用口型问我：答案多少？

我没给他比画答案，只送给他"破碎的心"。

班级里的同学在起哄，他让我快说。

"一百零八吧，有可能。"我给他打手语。

他愣了一秒钟，最后还是写下了"108"这个答案。

最后的结果是，前四题全对，最后一题错了。

老师笑着说："你就站这儿吧，哈点儿腰，别挡着人了。"

"是。"

"前四题答案里都有根号，最后一题怎么会这么简单呢？"

"是。"

"佐义你只会说'是'吗？"

后来下课了，我跑上去跟他说抱歉："知道是错的你还写。"

"我这么相信你，你还给我报个错的。"

"……"

"算啦。"他拿起粉笔，将答案用大圈圈起来，"就当是艺术品吧，当我送你的巨幅粉笔油画。"

"呦呦呦，这么高雅的吗？"

佐乂捡起那个曾经塞我脖颈里的小纸团，让我看那上面写的字儿：好，我一放学就去买。

"佐乂，真的？"

"我骗过你吗？"

因为快要放暑假了，期末考试也已经考完，现在也就语数外会讲点儿下学期的新知识，其他课基本就成自由活动时间了，可以在学校自习，也可以早点离校。我刚踏出校门，就听见有人喊我："笑笑姐。"

"白白？"

我被她吓得一机灵，这人怎么无处不在啊。

"笑笑姐，你在干什么呢？鬼鬼祟祟的……"她侧头望向我。

"没干什么啊。"

"才不是！"

"池笑。"身后有声音唤我，佐乂端着盒子。"生日礼物，生日快乐。"他冷静得像早市里杀了三十年鱼的大叔。

"哇！小义！这是送给我的吗？"

"佐义！"我想告诉他那是他承诺我的西点啊。

佐义看着雀跃着的白白，"她好开心哦，给她吧。"他露出我妈才该有的慈祥笑容。

"不！可！以！"

"怎么啦，笑笑姐？"白白颇有挑衅意味地回眸。

"白白，生日快乐！祝你越来越漂亮啊。"佐义没理会我，给她递去蛋糕盒，"我记得，你想做演员？"

"啊对对对！"白白高兴佐义记得她的梦想，我曾经也为此高兴过，"小义哥，这蛋糕上的是什么啊，挺好看的。"

"这是草莓啫喱果酱啊，好吃是肯定的。"

不过，现在看来，不用再高兴了。

我加快步伐，超过前面说笑的那俩人，佐义追上来，我也不想理他。

"为什么要给她！"在现实世界里，我、我姐还有我妈都喜欢"让"，以为忍一忍就过去了，忍一忍就可以过安安静静的生活了。可是，电影里的路人甲乙丙，向来都会最早"领盒饭"。

"我可以给你买更好的。"他承诺。

"谢谢，不用。"

这是两码事，就像这个角色的戏都被砍完了，你再给他送份米其林三星水准的盒饭。告诉他谢谢你的表演，但是我们导演不喜欢，所以没有片酬，不好意思。

"愣着干吗？祝我生日快乐啊！"

"别胡扯了，开什么玩笑。"我气不打一处来。

佐乂问我这么生气，是嫉妒白白和他同一天生日吗？

"真是你生日？不会吧……"

"什么时候骗过你。你该不会是忘了吧！"

我不敢承认"没有"，也不敢看他幽深的瞳仁，我想说：祝你生日快乐。

班主任无声无息地走过来说："池笑、佐乂，开学迎新仪式上还需要一个剧，交给你们可以吗？"

"是，老师。"

"佐乂，晚饭去你喜欢的那家粥铺。"

我一直觉得佐乂的品位有点奇怪，不过一直没敢说，比如那家粥铺的烤包子太硬了，粥也不太烂。

我看着他大吃特吃，"你好喜欢这些。"

"因为比较习惯，小时候我妈经常带我来吃。"

"哦。"我很少听他说起妈妈，倒有些不习惯，因为我总觉得他就像个妈妈。佐义好像什么事情都很习惯，干什么都游刃有余，所以我问他："你有什么不习惯的吗？"

"有。"他点头，"比如上次你让我写剧本，我就很不擅长。"

"呃……这样啊……但是你不还是完成得很棒吗？"

佐义嘟囔，要不是为了我，他才不干呢。

"嗯嗯嗯，谢谢你。"

我有点尴尬，他当然发现了，可就是想让我继续尴尬，"我的生日礼物呢？可别告诉我你没准备。"

"呸。"我吐出一颗嚼不烂的大黑豆，包在纸里，往他手中塞。

"你干吗！"

"这可不是一般的红豆，这是诗里的红豆。'红豆生南国，春来发几枝。愿君多采撷，此物最相思。'"我问他会不会背。

"狗都会背。"他说，"所以我的礼物呢？没有准备吗？"

佐义不再舀粥，丢下碗，让我去买单："走吧。"

"去哪儿？"

"上车，回学校礼堂。"他说他要去看看舞台，实地设计舞美。

"好吧。你怎么生气了？"我跳上自行车，让佐义带着我疾驰，带起的凉风塞住我的嘴。

佐义最讨厌立夏了

"你绝对生气了！"我明知道偏偏还要问佐义。

"哈哈。我没有。"他忽然回过头，不再扶自行车车把，而是朝我做了个鬼脸。自行车脱手，斜倒在一家水果店门口。苹果一颗颗地散落在地上。

"喂！"店老板走过来。

"喂！"本来侧身坐在车上的我摔得趴在地上，十来斤的车子压在我背上。

佐义一条腿压在车下，他穿的还是条露小腿的七分裤。"哈哈，其实我真的没有生气啦。"除了抽出腿，佐义就没什么别的动作和表情了，仿佛被砸的压根就不是他身体的一部分。

"你怎么不说话了？"他把我拉起来，还关心我的伤口，"破了这么大一块皮啊……该涂红药水还是紫药水呢？"佐义蹲在我脚边。我低头，也正好看见佐义的腿。我好奇，明天早上他小腿肚会印上绛紫的血斑，还是雪青的瘀点。

"哈哈哈，应该是紫药水吧。"我用膝盖顶开他，让他一边去，然后跨上车，"我骑，你上来。"

"哎哟，池笑还能骑车啊。"佐乂皮笑肉不笑。

"坐我车，还是走回家，你选一个。"

佐乂死死地扯着自行车坐垫，生怕我会将他摔下去。"可以啊，池笑还会骑自行车，深藏不露。"

"你坐好，小心摔下来磕掉大门牙。"

"哈哈哈哈哈哈。"他笑到不行，"开玩笑吧。"

前面有段下坡路，一直往前就是佐乂第二喜欢的米粉店了，不过我没从那儿经过。转角与腥风相撞，那里有家现杀现卖的羊肉铺。

"池笑你干什么！不去学校？你去哪儿？"

"不是很聪明吗？怎么现在才反应过来。"我问他要不现在停车，让他下来自己走去学校。他没再回答我。

"去哪儿啊？"就在快到目的地的时候佐乂问我。

我右拐，然后进公园，"去滑草，给你，过、生、日。"

"嚯，算你有心。"

他话音刚落，我在滑草场的最高点跳下车。

"喂喂喂喂······"

佐义滚落，像被麻雀带进棉花地里的苍耳。

"佐义 —— 生日快乐啊 ——"我手握成喇叭状，放在嘴边冲他喊，顺便把他那大概用了好多年、都掉漆掉皮、生裂生锈的永久牌自行车放倒在绿茵茵的草地上。"佐义，你车该换了！要不我送你一辆当生日礼物？"

我不管他生不生气，因为我很生气。疏忽一刻谁都有，别拿一刻当永久，其实也就是忘记了他的生日，至于那样摔我嘛······

他坐在我边上，抹了把脸，泥巴蹭在他眼角，"给钱。"

"干什么？"

"你说给我买车的。给钱。"

"开玩笑的······"

"我不管，给钱。"

我看了他就烦，朝他摊开的手掌狠狠拍过去，结果自己痛到咬牙切齿，"嗷······"

"喊······"

我们俩坐在那儿僵持了一个小时，天上有模糊不清的星。

"池笑，该你下去了。"

佐义狠推我一把，我顺着他的印迹往下滑。

星成了流星，后来又成了四溢在眼前的金星。它拖着尾巴，在我脑海中划过。划开一些不属于我的、封尘已久的记忆。记得我们五六岁时，佐义冲天的小辫子上还扎了个 kitty 猫同款的蝴蝶结，这个发型大概出自造型师——池笑。那时候我还比他高一些，他穿着我的迪士尼小睡裙。

那天是佐义的生日，我送给他一本肯德基的营养成长手册。

"喏，是不是你想要的？"我从书架里把夹满优惠券的肯德基成长手册递给他，"小义生日快乐。"

"你给我了？"

"给你了，我不要了。"

佐义眼中被那鲜红的小册子映上了星星，"妈妈！你快来看啊！"他那时候和我一样粘妈妈，她妈妈在外屋扫地。

"知道了！你好好玩儿啊。"她含着笑应答，"小义有没有谢谢姐姐？"

"谢谢笑笑姐姐！"佐义那时候喜欢看动画片，学着里面的人物朝我九十度鞠躬。那时候小嘴多甜啊，哪里像现在，阴阳怪气、半死不活的。

"妈妈，妈妈……"他屁颠屁颠地跑开了，"这个册子里面有……有一、二、三、四、五、六、七……有二十三张半价优惠券哪！"佐乂特幼稚地扳着小指头，盘算着用上全部的券，一共可以买多少个巧克力味儿的圣代。

"笨蛋佐乂。"听见佐乂这样说，我几乎想捂住他的嘴，"每个券都是不一样的，看见上面的图案没有？又不是都是冰激凌券。"

"哦。"不过他也没有很失落，至少我看不出他的失落，"笑笑姐，我可以买多少个冰激凌啊？我今天就要吃冰激凌！今天就要！"我从来没见过这么随性的佐乂。

后来，佐乂妈妈真的带我们去了肯德基，也真的用半价券买了份二十元的儿童套餐，套餐里面有两只胡萝卜餐包、两块原味鸡和一份巧克力圣代。

"小乂来吃饭啊。"他妈妈催促他。

"你不来我可就先吃喽。"我看见他趴在儿童套餐礼物展示柜的玻璃上。

"来了——"他吃饭还抱着那本成长手册，"妈妈，你看，真的和橱窗里的一模一样诶！"

"就是有点奇怪，那个里面说会有二十五张券，我怎么只有二十三张啊？"

抱歉啊！佐乂，我用了两张。我好想穿过记忆去道歉。

"好了，吃饭吧。小乂生日快乐啊。"他妈妈让他记得同我分着吃。

"可是这个圣代只有一个……我要吃圣代！"

"小乂，让给姐姐好不好？"

"不好，她是姐姐呢！"

"小乂！优惠券可是姐姐给你的啊。"

"嗯，给你吧，笑笑姐。"

我忽然想起，佐乂现在也常把巧克力留给我，说自己从小就不爱吃甜的。

自那之后的一个月，只要一提肯德基的事儿，佐乂总会无条件地让着我。饭桌上，我爸批评我，"为什么不吃青菜！"的时候，他总会偷偷把我不吃的青菜挑出来放进自己碗中，"我最喜欢吃巧克力，也最喜欢吃青菜啦！"佐乂这个名字就是那么地给人安全感。

"好！最好的朋友，永远不分开……"

那时候的佐乂真可爱啊，我好想捏他的脸，长大了的佐乂的脸就不想捏了。

"池笑，你滑草滑到哪里去了？死下面了？"我听见黑暗中的脚步声，忙将衣服上有泪痕的地方擦了擦。

"佐义你还知道下来。"我爬起来，他拍去我衣服上的土。

"喂，小子别这么虎，滑草不是这样滑的。"草场老板心痛他的草，所以从瞭望亭探出脑袋，喝住我们。

"走，不滑了。"我们俩一起跌跌撞撞，我在想是我扶着他，还是他扶着我，"去给你买自行车去。"

佐义倔强得要死，"不要，你给我折现，我要钱。"

"你那车旧了，不能用了。"

"可以的！我妈给我的！"

我忽然想起那时候去面试，我跑东跑西，也是骑着我妈的破车……

"佐义！"我在他身后喊他，我分明看见他被惊得一机灵，像兔子又像猫，"你做人是不是有个准则——谁给你钱，你就对谁好。"

"呸。什么狗屁准则。"

天上的星星啊，一闪一闪亮晶晶，与万家灯火连在一块儿闪。

第二天一早，我们出发去学校礼堂。依旧是佐义骑车，我侧身坐在他后头。

"池笑唱首歌儿。"

"不要。"我展开手，遮太阳。

"唱嘛，我以导演兼编剧兼舞美的名义命令你。"

我低头，看见他腿上茄紫的瘀青，那形状像只大茄子，我抬手拧住那块肉，"你还命令起我来了？"

"哎 ——"

"你给我唱，我要听《还珠格格》的主题曲。"我要挟他，没想到他真就同意了。

佐义唱起歌来，声音就变得沙沙的，像咸到心窝里的鸭蛋。"当春夏秋冬不再变换，当花草树木全部凋残，我还是不能和你分散……"

一晃就到学校了。

"发什么愣，下车。"

其实我是在想昨晚乍现的记忆，那明显不属于我，可又是如何传递给我的呢？我不清楚。我坐在舞台上托腮思考，坐在那儿特舒服，腿还能晃荡。佐义在我对面的灯光室里琢磨各色的"霓虹"。

"池笑？"他不知从哪儿搞来个话筒。

"喂，吓我一跳，声音怎么那么大。"

“池笑坐好！现在开始即兴采访。池笑我问你，你最想干什么？老实交代啊。”

“好想吃火锅啊。”

“我是说，长大以后你想干什么，十年二十年之后。”

有自然的阳光，从灯光室的窗户蹿入。看惯了刺眼的人造彩灯，礼堂里的太阳真是有点儿久违。

“这样啊……”我站起身，“当明星吧，杨幂、赵丽颖那种明星。”

“那就是和白白共用同一个梦想喽？”

“死开！才不是呢！”

我跑去后台，找到本上次演出佐乂写的台本。

“其实我觉得……”佐乂沉默了好久，“不那么出名怎么样？”

“你不想让我红？看不得我好吗？”我本想把本儿拿给他看的，后来想想也没什么必要。我有些尴尬，心想不该把真实的想法告诉他。

“那倒不至于。”佐乂丢了话筒，从灯光室里走出来。

“那你想干什么，长大以后？”我反问他。

“你要当演员，那我做经纪人吧……”佐乂超大声，生怕我听不见，“喂，你干吗不说话！我的意思是，我当经纪人，把大明星挣的钱都挪走。”

"真幼稚。"

"你才幼稚。"他朝我扑来。

"别过来！"

"怎么着？大明星的裤角怎么卡舞台里去了？"

佐乂更讨厌池笑和小满

"嗯……是啊，绞在里面了……"我有点儿不好意思。

"笨死了，拽出来不就完了。"佐乂蹲下身，要帮我拽。

"喂！"

之后再来到后台，我都会刻意绕开那个地板与地板之间的"小裂谷"，那真的不是一点点的尴尬之地。

那天开学迎新典礼有我们的节目，当时我在后台寻找我的演出服，走得急了些，运动鞋的鞋带不小心又卡了进去。

"真烦人。"我抬抬脚，用了些力气，鞋带也算是拔出来了，可最顶端印着花儿的小扣却不见了，大概是掉进缝里去了。我蹲下身，伸进两根手指，往那有着巨大吸引力的缝中掏去。手指代替我在黑暗中前行且摸索。

那时候，只有我妈坚信我会像数学试卷里的压轴题那般闪闪发光，有点道理啊，对于我来说压轴题重要到可有可无。它那么难，难到有时我不敢靠近，反正拿满分的那个人不可能是我。不是甘心当配角，而是有时候，无论如何努力也跻身不成主人公。

地球的转动不会因我而停止，我只想努力地跟上脚步。踮起脚，让太阳看着，看见有个一般般高，一般般瘦，一般般漂亮的小妞儿，住在磅礴恢宏的长城后头，待在繁花似锦的北京城中。她举起碗豆汁儿，她想敬日月星辰，敬明天，因为明天会有更好的自己……

"池笑！你在这儿啊……"身后有人呼唤，吓了我一跳。我坐在地上，盖住那道伤疤似的裂缝。

"池笑，快起来，要是肉也给卡进去了可就不好玩儿了。"佐义站在那儿，有些人永远比我高大。

"不演了，我们走吧。"我告诉他，故作轻松。

"你在说什么？"

"佐义，都是假的……"我拉起他的胳膊，想逃离这个地方。

他甩开我的手，"胡说八道，你给我演。快点上台，我可不希望我的努力付之东流。"又掐住我的臂膀，把细心准备好的长裙往我头上套。

"佐义！"

· 火烧

他置之不理，"上台，立刻马上！"他将我推至舞台，推去属于高潮的漩涡。

我应该会喜欢那里的，那本是我心心念念的地方。可今天不一样，我蜷缩在角落，不安地望向台下的佐义。幸好暂且没有光打给我。

"可是今天我不想演……"

"演吧，地球没你可不转……"佐义抛下一句"大小姐样儿，真难伺候"之后，只留下一个背影。他大概比我更失望。

可他曾安排好的灯光依旧往我脸上刺。那样子，就像是警察将手电筒的光照向入室盗窃的小偷。有一瞬，我想捂住脸，可我又不敢——眼神与坐在头一排的佐义相撞。

我记得，他坐的那个位置曾坐过一个同我姐姐很像的小姑娘，我记得，那一次表演我就像是真正的女主角。

"加油，池笑姐！"

"你叫我什么？"

"池笑姐……"

我记得那次佐义的脸很红，绝对不是灯光的映衬。

"怎么样，姐？"

"嗯。"

"你觉得我演得好吗？"

"不要我觉得，你要自己觉得，笑笑。"

还有那次，我当时刚上小学，六一在北海公园表演，我上台客串一朵小花儿，那时候我姐姐还在身边。她说我是台上最红的小花。

"你要是当明星，我就去当经纪人吧……"

"笑笑，依妈看，你现在就是大明星。"

"……"

还记得最初是如何闪现出当明星的念头的呢。那时候爸妈刚离婚不久吧，我还很小，每天只知道干两件事儿，一是抱着电视看《大头儿子和小头爸爸》，二是看完以后哭着喊着去找爸爸。我姐当时趴在桌前写作业，看我哭闹会特别无奈地用早饭钱给我买北冰洋汽水儿。"长大之后去演《大头儿子和小头爸爸》不就得了。"

"对！"

至此，有种子悄然发芽。

小孩子的梦想真不错啊。有天我问佐义，他有没有梦想。

他边草拟着第三稿的台本边摇头说没有。

"真的没有？"

"真的没有。你烦死了，快走开，别打扰我。"他抬起睫毛，把铅笔夹在耳上，腾空手来推我。

"喂！我知道了，你的梦想就是……帮我实现梦想。"

"哼，大言不惭。"

"我这明明是很有自知之明……"

明明现在这样就很不错啊，在学校礼堂当一个每次出场都引得阵阵喝彩的女主角，还有什么不满足的呢？我将话筒靠近脸颊，不知道该说什么。这一折腾……忘词了？！

"池笑……"

可是我果然有主角光环，台下佐义朝我做动作，为我题词。

"嗯。"

我走去舞台中央，灯光跟着我走向中央，连影子都是那样的苗条曼妙。

"你是人间的四月天……"

我斗胆饰演林徽因，身旁还有个我们中学最帅的男孩子演徐志摩的。我是人间四月天？我脑袋里奇奇怪怪的垃圾情绪特别多……我是人间四月欲尽的芳菲，他们是山上刚绽的桃花。乡村四月闲人少，可就是有那么一个人走过，叩开柴扉，不惧犬吠。

……

"佐义。"后来谢幕了，我径直去找他。

"可以，池笑，很不错。"

"嗯！"我被他拍了一巴掌，知道膝跳反应吗？我的背就是那样挺起来的。我告诉他我还有点儿事需要一个人解决，让他先回家。

"呦呦呦，一个人解决，这么了不起？"

"嗯！你先回家，记得路上帮我带个西瓜。"

芒种会不会更短

后来我就回家了，回家路上，还买了个据说很甜的大西瓜。

"佐乂，我回来了。麻烦刀了它，谢啦。"我抱着西瓜去厨房找他，我就知道他一定在厨房，"哇，你怎么也买西瓜了……"

"你不是让我买的吗？你告诉我的事情，我当然会记得。"

"哦。"

他用指上的骨节敲西瓜，最终还是选择先开自己买的那个。

我说我买的肯定比他的甜。

"那我吃我的，你吃你的，正好你也不用给我买瓜的钱了。"

我说他这人真是，一点不风趣。

"……"

我俩就站在那儿，谁也没提今天表演的事儿。他说他先洗瓜，然后给我的狗也冲个凉。

"佐义……"

"干什么？"他声音清脆得像滚落在瓜皮上的水。

"佐义，我想……我想去北京。"

"你想干吗？！"佐义手起刀落，西瓜分成了两瓣。

"我想去北京。"

"去北京？去北京干什么？"他一刀下去，浅粉的汁水飞溅。

我说我要去学表演，去艺术学校，去大城市的大舞台，我说得一本正经。

佐义低头听我说了一会儿，然后抬手又是一刀，"你在说什么啊，池笑。"

"去实现自己的梦想啊！"

"可是前几年才从北京搬过来，好不容易在这儿的学校办了借读手续，为什么又要搬回去？"

"才不是这样！"

"那是什么样？"他边切边抬头看着我，我怕他会切着手。

我有点儿害怕他这样，"你说过会支持我的。"

"这是两码事。"佐义推开我，"这事不要讲了，你现在去北京，我第一个不同意。"

"喂！"我的手沾上粘腻的薄红色，"你不同意没有用！我就要去！"

不知道佐义听没听见我说话，反正他没搭理我，拽着小狗的小前腿磕磕绊绊地进了浴室。他冲着那只上了年纪的京巴狗大喊："背对我，趴墙上，站好了，别叫唤！"

"佐义！小狗才不是你这样洗澡的！你要生气就对我发火啊。"

"行，你自己进来洗。"

他把盆连着盆里带着大泡的肥皂水掀翻。

"佐义你干什么！"

"汪汪汪汪 ——"

电话铃响起来。

"我去接电话。"佐义跑去客厅。

我会去北京的。

当我把盆放回原地时，佐义也接完电话了，"妈妈她们不回来了，让我们晚上自己随便吃点……"

"你妈还是我妈？"

"都不回来，你知道的，棉花快收了，她们估计去找加工厂了。"

"才不是，肯定是去谈销售了！"

"行行行，你厉害，你说的都对。"佐乂把狗狗身上的水擦拭干净，然后抱去客厅，"我可惹不起你……"

"对，你别管我，我要去北京，就这样。"

"去北京绝！对！不！行！"

我知道他很坚定，但是我会比他更决绝。

晚饭的时候，我在房间里把说辞练习了一遍又一遍，说到第二十五遍的时候，佐乂在外面喊了声："饭桶，出来吃饭。"

他往桌上甩了盒没煮过的豆腐和一小碗米饭，"自己吃多少自己盛去。"

"喂，这豆腐……能吃？"

他往那里头倒了点盐油，又拌白糖，"会吃死人吗？"

"屁！我不要死，我要去北京！"

"你要是去北京就完蛋了……"

"呕……"这个豆腐……好怪，我从内到外都恶心，吐得眼泪都跟着往外冒，模糊中有尖锐的东西刺向心脏，我捂着嘴跑去厕所。

那是北京的官园花鸟鱼虫市场，我很熟悉，我小时候最喜欢往那儿跑。在那段冗长的记忆中，我是小孩子，佐乂也是小孩子，他似乎比我更爱去那里，他装作肚子痛，然后就能逃下午的课。

"去儿童医院？"他妈妈来学校接他回家，一脸担心，上气不接下气。

"不要，去花鸟市场！"佐乂就是彻头彻尾的大坏蛋，他从小坏到大。

"你这小孩儿。"他妈当然知道是怎么回事，气得戳他脑袋。

"疼！"

"去花鸟市场，买小鱼！这样小乂就不疼了……"我在一旁帮腔。

"我要小鱼，红背的锦鲤！我要小乌龟！我要小鸟！"我说我可以和佐乂一样下来走，不用小乂妈妈抱。

"怎么？笑笑想学逗鸟遛弯的大爷吗？"她逗我。

"才不要……"

"我要！我要这只小狗。"我们开着玩笑，佐乂在前面走着，同老板真真地叫了价。

"我要。"边上有个差不多大的小男孩儿同他竞价。

"我要！"

"我要！"

"我要！妈妈——"

"小义，你要什么？你买了家里可没地方养哦，而且落落姐姐是不是对狗毛过敏呀……"

"啊……我想要狗狗。"

最后，我记起来，这俩小孩谁也没要成那只狗，佐义一路闹到家。后来连晚饭都没吃就躺上床睡觉去了，连动画片准时开播，佐义都没裹着毯子出来看。

后来我姐晚自习结束回家了，佐义反而屁颠屁颠地跑出来，连洗个手都要粘着她。那年池落十五岁。

厨房里佐义已经开始洗碗，我也没必要再去吃饭了，索性躺上床，本想继续挖掘记忆的，可到最后也没记起什么来。只想到后来，池落真的离家去了艺校学戏。爸妈本不想让她去的，可她怎么都不听，威胁她说要断绝关系都没用。池落说她虽然中考落榜可人生还没有结束啊。在没有太阳的晚上，她拎着行李就走了。"

后来爸妈打她电话她也不回，生活费也不要了，听说是在学校有时候演出可以赚到钱。再后来，爸妈觉得无药可救了，在那么伤心的北京待得没啥意思，正好那时他们的生意发生些变化，便给我和佐义办理了借读手续，全部人马一起搬来了现在的城市。

现在，不管怎么样，我都要去北京！这趟行程是周密计划过的，晚上就出发！

我拉着行李箱打开房门，却还是晚了一步。

"池笑，你干什么！"我与佐乂撞了个满怀。

"我……"

他挑了挑眉，扫视我一番，说这个行李箱有点酷，"知道汽车站怎么走，不用我送了吧。"

那当然！连如何说我都琢磨好了，我要走姐姐的老路，成名很重要，但也不是那么重要，我要在那条路上走很远，再把姐姐找回来。

"嗯，佐乂……"

"快走，不送。"

"帮我照顾好小狗！谢啦！"

夏至已至

那年夏天，我回到了北京……下至毛巾牙膏，上到书本试卷，我预感即将接触到的一切都会是崭新的。

记得八月的一天，我临行前最后一次同佐乂去百货商店，他头一回那么大方，说我的消费他买单。

"我要小泡芙。"我喜欢甜甜的奶油。

"你不要，吃这玩意儿长胖。"

"那我要小说，这本《告别薇安》你看过了吗？最近好火哦……"

"不行，你不要看小说，好好学习吧。"佐乂说北京学的教材估计比我们这儿难，他让我好好学，有不懂的可以问他，"你加油啊，池笑。中考的时候你想考哪个艺校来着？"

"中戏附中。"

"哦，对，中戏附中。"

中戏附中的专业特别多，表演、美术、编导、播

火烧

音……好多好多。不过这次我要考的是戏剧，就是我姐学的那个。听说，我小时候也学过这个，所以除去平常的刻苦练习，再找个时间重拾记忆，我相信一定可以找到属于自己的成功之路。最好再找到池落，然后把她劝回家。

"佐义，你为什么不去啊，和我一起去怎么样？"

"不要，我才不要。"他蹲下身，在货架最下方漫无目的地挑选。

"去嘛去嘛……"

"我要是去了，你帮我付生活费吗？"

我赶忙撇清关系，"别，我穷，没钱。"

"那不就行了。"佐义淡然。

后来好长时间我们都没讲话。

从商场出来的时候，我们只买了一样东西——一大袋蛋黄派。

佐义说这一袋真实用，够我吃一年的。

"你信不信我一礼拜吃完？"

"可吃死你吧。"他边蹬着车边回头瞪眼。

我让他快骑，听我这么一说，他立刻就慢下来了。阵阵淡青色还透着西瓜皮味道的风掀起他的衬衫衣摆。

"喂！衣服下面的那仨纽扣你为什么不扣！别耍流

诨啊，佐乂。"

"我身材好，就不扣。"

"被猥琐女看上了怎么办？你让我怎么放心去北京……"

"池笑你管好你自己！"佐乂说我就是他见过的最猥琐的人。

面前是大片的田野。佐乂丢了车，就往最高处跑。我们在顶端回首，一切都是美好的。

"池笑，回头。"

他揪了朵半熟的棉花往我脑瓜边上塞。

"死开。"我一本正经地问他，为什么今天要给我买那么多蛋黄派。

"没有为什么，随便拿的，比较便宜。"

"不是吧……"

"就是的。"

"那我明天就走了，你还有什么要跟我讲的没？"

"没有。"佐乂说完就往家跑。

"肯定有！"

"真没有 ——"

第二天早上，我五点半起床赶飞机。佐乂倒变得稀罕我起来，他在客厅茶几留了早餐和便签条。他说我肯定会起迟，让我把酒酿饼带去路上吃，他早上起不来就不送我了。佐义在纸条里写：饼是昨晚烙的，吃的时候嫌凉记得配热水，别把肚子吃坏了。可是我摸摸袋子里的饭盒，还挺烫手的，会有哪个牌子的饭盒保温效果这么好啊，我在想。

上了飞机，趁还没起飞，我把饭盒拿出来，想先咬两口的时候，发现里面还有张纸。

佐义这人……

纸上的墨水被那一粒粒的蒸馏水晕开了两处。我展开来看，是他写给我的，满满一张。可是，是谁昨天还说没有话要同我说的呢。

他说：

嗯……怎么说呢，之后应该会有很长一段时间我们都不会再见了……你别误会啊，我才不难过呢，你也别伤心，自古男儿有泪也不轻弹是吧，你要哭你就是小狗。

佐义最喜欢说反话了。

他说：

我记得，你姐走的前一天，嗯，我记性很好的，她要走的那天晚上，我还在缠着她要钱买糖吃。她说别太多啊，得给她留些"盘缠"。我问她什么叫"盘缠"。她说她要去很远的地方，去西城区。你知道的，就是陶然亭公园那儿，我说那儿不远，明明很近的。池落说她要去承大业、继大统，振兴梨园。我蠢得要死，以为她说的是达利园，后来连偷带抢地摸走了她身上一张十块钱的票子全买了蛋黄派。说起来还挺搞笑，对吧。

昨天我给你买的那些，你全带在身上了吧。没别的意思，就是从今天开始就不欠你俩一分钱了哈，以后别说我在你这儿赊了些什么……

佐乂这人啊，总这样，往死里偏。

他说：

不过还是谢谢你了。

实话说，池笑你这人还是很有意思的，我没有舍不得你啊，就是实话实说。

你点子挺多的，跟你处一块儿，乐子也多，和池落一样。

你上次说的那个什么红豆奶麻薯，我试着做了，可是糊锅，但是等你下次回来我肯定就学会了。还有我们还没正经地滑过一次草呢，你说的卡丁车我也没玩儿过……下次一起去吧……

他说：

下次一定去啊！不准反悔！

不过你可别想我，我也不会想你。我要是想你……嗯……我就揍你的狗，哼哼，就当是揍你了……

他说：

唯一可惜的嘛……就是，我们一起种的葡萄怎么还没熟啊，慢死了，真讨厌……

唉，不讲了，手都写酸了。有一说一，我最讨厌写字写信写剧本了。

谢谢你给我的那部旧手机啊，记得给我发短信。

最后还是祝福你一下吧，池笑。祝你一切顺利，学业有成。不过，最好也别太成功，不然，不然我会……

佐乂会嫉妒，我懂的，就他那小肚鸡肠哦……

最后的最后，他说：

池笑要开开心心，我就一直在这里等你……哪儿也不……哪儿也不去。

对！我不用担心他，佐乂只会待在那儿，他哪儿也不会去，哪儿也去不了。我怎么有点儿难过又有点儿开心呢。后来有新的水珠滴在纸上，把最后那几个字儿往外晕染开来。

其实没有什么好遗憾的，佐乂保证会照顾好我们的狗和葡萄藤，因为那是属于我们的，我特别放心，因为他是佐乂，只是我在想佐乂会不会把自己照顾好呢？

飞机真的起飞了，越飞越高，拉开小窗帘，就看见我们的城市成了粒小葡萄籽儿。随后模糊的云絮又将它盖上了，但是我清楚地知道，我和佐乂相隔渐远。之后啊，我们之间的距离大概还会更加遥远。

在飞机上，我吃了一盒"佐乂牌"酒酿饼，十五只蛋黄派，飞机上发的一袋不知道什么牌儿的盐苏打，一杯可口可乐，又添了杯汇源橙汁儿……吃到临座三岁半的小妹妹边含着颗旺仔小馒头边盯着我看了五分钟。

好尴尬啊，不过不吃白不吃嘛。吃完了，也没见心情好起来。我捧着肚子和飞机上发的飞机餐出了机场到达出口，我才发现那份饭里有配菜——大盘鸡。正当我想蹲路边把它香香地吃完，然后打车去出租屋的时候，我听见有个声音在喊我，简直尖利到如雷贯耳。

"池笑——池笑——"

我循声望去。那人我认识，是我幼儿园兼小学同学。

"池笑！你过来啊！愣着干吗？！"

她估计是特意来接站的，举着块牌子，上面用毛笔字儿写着"欢迎池笑大明星莅临北京"。哇，好丢人，路过的人无不投来奇特眼光。

"严肆肆！"我喊她的名字，并把那扎眼的牌子抢过来。

"你肆姐这几个字儿写得怎么样？是不是更上一层楼了？"

"屎壳郎戴花儿——臭美！"

"喂！"

严肆肆好像同我很熟的样子，她不由分说地拐着我就往大厅里的麦当劳跑。

在吃完薯条、圣代、小汉堡之后，我终于搞明白了——一个是严肆肆是个很不错的人；还有一个是现在，我和肆肆是闺密；最后一个是，之后我们会上一个学校，不出意外还是一个班。

她跟我叙旧，叽叽喳喳像只小喜鹊："还记得那时候不？那时候我们才中班吧……"

你记得，因为在现实中我也经历过这事儿。那天在幼儿园打饭的时候，严肆肆把红枣发糕给了我，我呢，则把那块白灼的羊肉给了她，两人各取所需，还成了好朋友。

肆肆同我讨论昨晚的儿童戏剧，她一脸羡慕，说那些姐姐穿的衣服好漂亮。我不羡慕，我告诉她，我姐就是唱京剧的，她就有漂亮裙子。我们俩小疯子顺着明黄的墙走，我突发奇想——想回原来我们住的大院看看。

"怎么样？同我一块儿？"

"算了吧，我不去。"严肆肆说她最多送我过去。

"得。"

兜兜转转大半年，终于又回北京啦。

"停停停！我到了！"

是锣鼓巷！那真的是我久违的南锣鼓巷诶！

"我明白。"肆肆说她先回家了，就不同我过去了，"过几天学校见！"

"没问题！"

我大口往肺里吸进空气，仿佛真的闻到了我妈亲手做的大包子味儿。我有点儿想我妈了，还有她拌的葱肉馅儿。

身边的墙还是掉白皮的墙，仍有水滴从那镂空雕花的瓦片落下来，不过那不是雨水，是空调水。我从门缝朝院里望，水恰好弹我眼皮上，我一颤，再睁开眼，就发现有条腿挡住了那窄窄的缝隙，大概是院子的新主人吧。

"喂喂喂，门口那是哪位啊？"

我就这样……暴露了？

话说茵桑最喜欢小暑的小薯与小鼠

透过门缝儿，我依稀可以看见高高地却往下垂的屋檐，还有屋檐下才刷漆翻新没多久的砖墙。很多年以前，我顽皮的姐姐会拉着我上房顶，然后顺着瓦片的纹路当滑梯玩儿。

后来门开了，那人从里面出来，问我在干吗。他个儿还挺高，挺有威慑力，我后退几步。

"看看而已，不介意吧？"

"介意，特介意。"

"……"

"真丑。"我气新屋主不近人情的坏脾气，"那个色儿刷得真没品位。"

"嘿！"

"小木。"院里传来尖细女声，"让你别倒腾，真不听劝……"

"我不管，这间屋子是我的！我爱咋刷咋刷，刷老

88

干妈都没毛病！"那个叫小木的急眼了，冲我嚷嚷。

"得嘞。"我倚着墙，直直看着他叫嚣。

"嘿，你这人真不招人待见！"他说着想来赶我走，只是话才说到一半，院里飞出个纸团来。

"打住，恁小气！让人家进来看看能怎的？"

我猜里面那位应该和佐义一样，扔石头特准。

"唉！进来吧，算是看我妈面子上，我带你看看。"

"你叫什么名字？"我歪着脖子看他，他也斜着脑袋望向我。

"你呢？你先说。"他说女士当优先。

"我叫池笑，你呢？"

"哈哈，我才不告诉你。"

这人既滑头又实诚，他不告诉我他的大名儿，却带我去那一间间房间参观，边看边数落我。

我让他别废话，带看呢就好好带看。他说我把他当成中介了。

"这是厨房。"他介绍。

我知道，这间厨房啊，以前我妈最爱待在里头蒸包子。

"这是卧室。"

这我也知道，池落喜欢把她唱戏用的家伙藏在那扇

·火烧

门后头。

"这是厕所，那是贮藏室，这儿向南，那朝北……"
我大摇大摆地"巡视"，告诉他不用介绍我也门儿清。
还有，就在前面的那小廊，那是朝西的啊，转眼下午了，
太阳拉得老长，像在那里点了灯，亮起了一大片。光亮
中架着藤编的躺椅，上面睡了个女人，她把自己的影子
踩在脚下。

"阿姨……"我远远地也能看见她的脸，"阿姨你
是……是那个电视剧里的那个！"

好家伙，这不是那个红了好长时间的大明星——
林老师吗？！是在我妈那辈里没人不爱的演员！

"林老师……"

"诶……"她被我吓了一跳。

是活生生的林老师！

我半蹲，问她要签名儿："喏，签我衣服上，可以
吗？"这人也是佐义的偶像，我把这事告诉他，他会很
高兴！

"好好好……你怎么想起来到这儿看看的？"她觉
得有些奇怪。

"我……小时候在附近长大的。"我期期艾艾地回
答。

"哦，这样啊，那就好好看看吧。对了，你现在住哪里啊？"

"现在我租房子住。"

"这样啊……"林老师若有所思。

"喂，你就这么崇拜我妈？"大男孩终于插上了话。

我一愣，"我朋友喜欢，很棒的朋友。"

"你跟你朋友忘年交是吧？"他很笃定。

"不是，我比他年纪大。"

"啊，那你朋友品位还真独特哈。"

"……"

那人身上的火药味儿没那么重了。后来临走了，他歪着头告诉我："我叫林栀木。"

"哦。"

大哥，你是不是……落枕梗着脖子了？

那天晚上，我特高兴，简直想在床上蹦，可又担心那小床会给我蹦塌了。今天头一天回北京就见到了明星诶！还是佐乂最喜欢的明星！话说佐乂现在在干吗呢？我决定给他打个电话，通报一下这个好消息。我给他打了好几轮他也没接。接啊！接啊！快接啊！不过一天没见面我怎么还有点儿想他呢……

后来佐乂回电话了，可又不知道按了什么键，呼叫保持了好长时间。

"喂喂喂？"

"唉……佐乂笨死了。"

"喂，你最聪明了是吧。"我刚抱怨了一句恰好就被他听见了，他没好气儿地说我现在也是"都市丽人"了。

"你在干吗？佐乂。"

"嗯？"

"佐乂？"

"唉。"

"佐乂？"

"我在。"

"佐乂你大点儿声！我都快听不见了！"我考虑了好久，还是决定不同他说我的所见所闻，流水账似的，他会嫌烦吧。

"你还有事儿吗？没事我挂了，我话费没充多少，长途电话好贵的……"

"嗯。我没事，你挂吧。"

我说完这句就又想起件事儿来了，"佐乂，别挂！你电话费要是不够……"

"嘟嘟嘟……"可那边无情的电子音响起来了。

你电话费要是不够,我帮你充啊,可别抠了吧唧的!记得每天都给我打电话啊,佐义!

次日,我同严肆肆一块儿去了佐义最喜欢的花鸟市场。

我看中了一只哈巴狗,"怎么样?这只。"

严肆肆给予我一个简洁且中肯的评价:"丑。"

"不丑,像佐义。"

"哪里像?"

"眉眼像。"我花了五十元将它买下来。

"呃呃呃。"她说我那是母不嫌子丑,是一日不见,思之如狂。

后来我又同她谈起昨天下午勇闯四合院那事儿,"我差点被吓走,幸好你没去,真有先见之明。"

"什么?!你?被吓着了?"

"对啊,一个男生。"

"天哪,是不是姓林?"

"对,林栀木,名字像女孩子。"我告诉她。

正那时,有人在身后叫我们:"严肆肆。"

"快跑!别回头看!"严肆肆拉着我在闹市中狂奔,跑过卖金鱼的摊,比那卖汽水的贩跑得还快,扬起清晨的尘,把夏日流萤和流蝇甩在后头。

　　我们跻身挂着一件件衣服的衣架间，闯进去后只能肚子贴肚子站着，面面相觑，成了最不有序的那件衣。

　　"嘘，别出声，他走过来了！"当肆肆捂着我的嘴的那一秒，我手机振动起来。

　　"佐乂！回头说！下次给你寄只狗。"

　　"喂？喂喂……"

　　我挂了他的电话。

　　很长一段时间后，我才听说，那天佐乂是坐在狗肉店门口给我打的那通电话。听说我们家那只京巴狗好几天见不到我，急得咬了他三口，佐乂本想把它送去狗肉馆的。

苘桑会在大暑出现吗

后来开学了，我办理了复课手续，恰巧与严肆肆在一个班级 —— 初三5班。她是学习委员还是地理课代表。有了她的关照，日子真是越过越滋润，唯一不滋润的是磨人的体育课。

北京的体育课怎么每节都被跑圈堆满呢？那天，我们在跑八百米的时候，我问肆肆。

"我……我不知道，因为再过半年就要体育中考了吧。"她气喘吁吁。

"哇，我不想体育中考啊！听起来好累哦。"

还有就是，如果不是为了自己去奔跑，而是被别人逼着跑，那简直是毫无意义。

"那就为自己跑呗。"严肆肆说我这话讲得真奇怪，"你别让着我啊，池笑，你用你的速度跑起来啊。"

"嗯。"我回答，但仍"秉承初心"，"肆肆，你想考哪个高中？"

· 火烧

"你呢？你想考哪个？"

"中戏附中呗，这你还问。"

"大点儿声，我听不见。"

"中戏附中啊！"我险些岔气。

"再大点声！"

"中戏附中——"严肆肆好像军训的教官，他们连语气都差不多。

秋老虎回来了，太阳光好刺眼，我们每一圈都奔着操场边上那棵大金桂去，那是唯一的阴影。

"喊什么喊什么？跑步还聊天儿呢。"说曹操，曹操到，"等跑完再加五百米。"

"嘶——"

那得跑到下课了吧。

下课的时候会有同学在教学楼上看着我们跑。

"等放学……我们去喝汽水儿吧！"身后肆肆喊我，体育老师给我们一个大白眼。

体育课上完了，严肆肆捂着腰来找我。

"怎么着？你肾虚？"

"去！"

正当我拿她开涮呢，体育老师过来把肆肆喊去。

"等我一会儿，池笑。"

"好。"

我无聊地在五十米道上踱着步，忽然就有什么东西擦着我刘海落下，最后落在我脚边。我觉得这东西再偏一毫米我就会被砸到。

我定睛一看是一个纸团。我抬头想看看是哪位扔了这个。

仰着脖子向上望，我有点儿头晕。在教学楼最高的那一层有个熟悉的身影。我眨眨眼睛、瞅瞅他，他也看着我。

这不是那个名字很女孩儿，长得又很硬朗的那个……那个……对！那人叫林枋木吧。他怎么会在我们学校，我一直以为他比我大好些来着。

"嘿。"他朝我打招呼。

好尴尬，我不想理会他，径直往教学楼后的洗手池去了。我冲了把脸，抬起头，那人就在我右手边。

"嘿。"

"下午好。"我半闭着眼睛，是怕水淌进去，也不想理睬他，听说严肆肆认识他，但也不想同他多说话。

"池笑，看在你是我校友的份儿上，或者你是严肆肆好朋友的份上，你要不要来我家租一间房住？"

"哈？"这人神经比我更大条。

· 火烧

"我没别的意思啊！"

"那你什么意思？"

"我们家房子空着也是空着，你搬过来住，房租减半……"说着，他趴在水龙头底下喝，然后抹去脖颈上的水，"嗯，怎么样？对了，是我妈请你来住的。"

"你确定？"

"保真！"

我承认我有点心动，若是这样，我一个月可以省下两千五，全给佐乂寄回去怎么样？他会把我大骂一顿：池笑你省什么省！是不是今天又没吃饭？我猜他会这样说。我期待他会这样说。

"林栀木，我今天能搬过来不？"

"求之不得。"他让我叫哥，别叫栀木，叫他大名儿，多见外。

"再见！明早见！"我从严肆肆身边飞奔而过。

"喂！喂喂！"

"这人，体育课上林黛玉，怎么下课就成飞毛腿了？"体育老师"挑拨离间"，破坏我和我闺密多年的友谊，只为我们在他的课上不要说话唠嗑，"看见了吧，这样的朋友不！能！交！"

98

林哥——林栀木，跟在我后头，单肩背着自己的书包，手上又拎了个属于我的书包，像个小尾巴。别说，我去他家大院儿真比回出租屋都熟悉。林栀木特欠揍地朝体育老师那儿飞了飞吻。

我们熟门熟路地向大院走去。

"哥，你真油腻，像那四十八岁的大汉。"

"也行。"他不恼。

"嘿！"

后来到地儿了，我催他开门："开门开门。"

"找钥匙呢。"

正那时，门开了，我以为是他妈妈，没想到蹿出来个小男孩，他走得急撞我身上了。

"喂！你怎么回事？"

"姐姐抱歉！回头见！"那人头也不回。

我问林哥，这人是不是他的弟弟，"长得也不像啊，不过都挺虎就是了。"

"哦，这人也住在我家。"

原来和我差不多。

别看林哥爱耍酷，可当我住下来后，他伺候得比谁都殷勤。他听说我刚搬来北京不久，担心我不习惯这儿的生活，一天几趟地往我这儿跑。不过他最怕的还是我哪天会搬出他的小院，至于为什么，我不知道，也从没问过。

"池笑 —— 早上好 —— 吃了吗 —— 甜口的豆浆，还有油条炒肝儿，我送你屋里来啊？"

"池笑 —— 干吗呢 —— 我买了新的小说，看吗？喂喂喂，谁说初三男生不可以看西方公主故事集锦啊。"

……

后来，我实在忍不住了。别说我还挺佩服那个撞到我的弟弟，他在这儿住了这么长时间，是怎么受得了这个姓林的 —— 林栀木的啊。

"林栀木！"一天我把他推出房间，"哥，我还要学习呢，你无聊就去学习啊，再过不到一年就要中考了啊。"这可不是闹着玩儿的。

"没事，无所谓，不在乎。"

呃……这是什么歪风邪气啊……果然人与人是有差距的，但是我不能放任他不管、让他继续颓废下去。

毕竟我人这么好。"那你就没什么特想完成的事情？比如我……我想考中戏附……"

"没有。"他明显就是不想谈理想，一溜烟地跑开了，后来过了半分钟又探了个脑袋进来，"那你闺密有什么理想没？"

"她啊，她也想考中戏附中啊。"

"为什么？"

"废话，去里头学写字儿呗，高考她想走书法艺考的路。"

"哦。"

他垂头悻悻离开，没有再烦我。

翌日是周末。一大早还没起床呢，林枛木又来敲门"骚扰"。

"走开。"我朝门外喊。

"今天我生日……"

生日另当别论！

我忙补救，让他别生气，"好啊，过生日去。"

他瞬间满血复活，恢复那没心没肺的样，"我去叫茴桑一起！快走！快走！"

"池笑，走啊，去买蛋糕，发什么愣呢？"他们喊。

对啊，生日怎么可以不吃蛋糕，但是我想到那时候佐义的生日蛋糕几乎都会进我的肚子，他也不生气，说自己不喜欢吃甜的，还让我多吃点，这样胖的是我。我胖了，就可以显得他很瘦。

"走啊，去哪儿买蛋糕？304蛋糕坊？"我强颜欢笑。

"不不不。"林枙木把我拉去一旁，"经费不足……去吃火烧吧，我家边上的驴肉火烧贼香的。"

"哈哈哈，你们家边上我比你熟。"听他这么说，我是真的会乐。

我们买了仨火烧，经费原因，其中一个还是没馅儿的。林枙木狠狠在上面插上数字蜡烛，不过只有一个数字"3"。

"你三岁？"

"我十六岁，过完生日该十七了。"他说条件有限，找遍了自家存货，只找到一个"3"，意思意思得了。

"这么老……我才十四诶……"

"你漂亮，你妙龄少女。"说完，他点起蜡烛闭眼许愿。

那一点火光在黑夜里燃起，竟也能成为我的灯。纯粹的光下，我似乎看见我手机屏幕上有佐乂新发来的短信。不过我没回，而是双手合十许愿，寿星的运气不蹭白不蹭啦。

希望我不在的时候，佐乂不要难过。不过他应该不会想念我的吧，按照他的性格，他只会去适应。但是，我希望佐乂也不要习惯我不在的日子啊。如果佐乂在身边，他会说我："你这人真难伺候……"

佐乂会好好学习，佐乂会烧自己爱吃的菜，佐乂会成为自己喜欢的人。只有我会在这儿纸上谈兵，杞人忧天。

"池笑？"林枙木喊我，有一刻，我几乎以为是佐乂在喊我。

"林哥，你许了什么愿望？"

"我要上中戏附中。"

"什么？"我惊讶，这可不像他的风格。

"明年这时候，我要在中戏附中上学。"

"哈？为啥？"

立秋与木槿蒸来得真快

我惊愕林栀木突发奇想许下的愿望。

"你这……"

可世间就是有那么多的成功源于不经意之间，有那么多终成眷属仅仅因为惊鸿一瞥。

"怎么了？"他梗着脖子，"学校不就给人考的吗？"他问我是不是看不起他，觉得他考不上。

我摇头，"那就努力吧，大家一起努力。"

自那天之后，我们就像是真的步入了崭新的岁月。林栀木不论是周末还是节假日，每天早上五点半叫我起来一起看书学习。那时候差不多立秋，我们在院中洗漱。

"以后周末或节假日别这么早喊我。"我抬头看那鱼肚白色的天，天果真是越靠东方越白嗬。

"不行。我有道题不会要问。"

"这几天怎么这样勤奋？"

不用说，他想明年考好学校吧。我觉得我也应该好

好学习了。我坐在窗户边上，边抄单词边问枟木他怎么
突然开窍了。

他反问我："除了你想考中戏附中还有谁想考？"

"肆肆呗。"

"哦！"

我侧头看他扑闪的眼睛，看贮存在心中躁动的火
苗，看带着点儿痞气的表情，那是不属于秋日的鲜活。
我推开窗户，抬手掐了片半红半绿的枫叶。

林枟木蔫头背着地图，好一段时间后才接茬。他说
肆肆不想见他呢，如果这样，他也不想见肆肆了……

"你什么意思啊，林枟木！你不是学习挺有劲儿的
吗？"

他摇摇头，"以后再说吧。"

"行吧。"

"我想等我学好了，我就去找她……"众所周知，
肆肆是地理课代表，林枟木这是想在这方面干出个惊天
动地的大事业吗？不过我答应了他："好，我帮你学好
地理。"就算是对于他认真学习的奖励了。

可正当我们扬言要专攻地理没多久，困难就凑上来
了。虽说马上将要到来的生物地理中考真的很简单，但
是抵不过林枟木与我过于"学渣"。

那天我们并肩而坐，做着同一份地理试卷。

"池笑。"他烦躁挠头。

"干什么？"不巧，我也被难住了，本不想搭理他。

耳边橙黄色汽水"咕嘟嘟"冒着小泡。

"池笑，真麻烦啊……你说这个西经东经和西半球东半球到底是个什么关系啊……好难啊，我不想往下写了！"

听这姓林的一嚷嚷，我也头大，不过仍是硬着头皮告诉他："笨蛋！当然是西经20°以西，东经160°以东之间为东半球啦。"

"但是，不对啊！按你这么说，北京在东经116°，不就成西半球了吗？不对不对……"

"这样啊……"

我就像是潜入汽水的鱼，顿时感到窒息。以前佐义就像是个答案册，遇到不会的题目总问他，然后再被鄙视一顿，还从来没有人会向我请教题目。

"原来这道题池笑也不会做，哈哈哈哈。"林同学兴高采烈。

"我说的绝对没毛病！"

"但是事实证明就是错的。"

我扶额，"事实证明你就是个笨蛋。"

"你才是！"

"你是，你是，你是……"

友谊的小船说翻就翻，门外有个声音渐近，直至来到我们身后。

"你们两个半斤八两。"茴桑笑得明媚清朗。

"好小子，你住我房间还偷听我讲话是吧。"林栀木欲揪茴桑衣领，可那个茴桑像只小鲤，从身边滑过。

"林大哥，就你这水平不会还想考中戏附中吧。"他一不做二不休。

"喂，你耳朵这么好吗？怎么什么事儿你都能听见。"不过林栀木讲话的声音确实很响，"我肯定可以上附中。"

"我肯定也能上。"我说。

"你也考那个？你们俩都考那个？"这是凑成一窝了？茴桑像看傻子似的瞅我们。

也是，道不同不相为谋，机缘把我们安排在一起，恐怕也给予了相同的目标。虽说我从小到大各项能力都不是那么出众，但我仍然很喜欢和同学相处。在春困里强打精神背书；听讲课也听淅沥的夏雨声；在秋风中收获成绩单，并结实地挨家人两巴掌；或是冬天明明刚放完春节归来，却累得像条狗，躲在书后边，嚼着米花糖。

"林栀木，你坐好，本学霸今天就冒着被气死的风险给你们唠唠地理吧。"茴桑捡起栀木扔在地上的水笔。"你也听好喽。"他忽然用眼神挑起我低垂的脑袋，我一惊。

"西经 20° 以东，东经 160° 以西之间为东半球。东经 160° 以东，西经 20° 以西之间为西半球。但是如果在南北两极点，那就没有东西之分，因为两极点会汇集所有经线……"

"懂了吗？"

在某一刹那，我觉得他像极了佐义。不同的是佐义很沉静，感觉像是教务处主任，冷漠不近人情，而茴桑完全是一副骄傲踌躇年轻代课老师的样子。

"懂了吗？"茴桑又问一遍。

"没懂。"林栀木大言不惭。

"没懂我也不讲了。"他起身，不再席地而坐。

"等等！"我说，"我也没懂。"

"我再讲一遍？算是为你讲的。"他望向我，然后拿了桌上的荧光笔。茴桑伸出右手，握成拳头，他的手不是很好看，没有他的脸嫩。他同我说，这根指头是东经 160°，那根呢，是西经 20°。说着，用薄唇拔去了笔盖，左手拿笔，将那两根手指涂满油墨。

"嘿！你干吗！"这东西可不好洗。

"所以你看清楚了吗？"他高举拳头，像高举火炬。转眼已是傍晚时分，屋内半黑，唯他敞亮。

后来，他说饿了，要去找东西吃。

"茴桑！"我叫住他，"你小学还是初中？几年级？地理真不错，下次有不会的题目还来问你啊。"

他一愣，告诉我不止地理，其他有不会的尽管问他就好。

"不过池笑，我可不是小学生。我初三，与你同岁。"

"哈？"看着他那点儿可怜的身高，"我不相信……"

茴桑龇龇虎牙，仰起脑袋，将那浅铜色崭露头角的滚动喉结一览无余地展示。

后来林栀木向我说起茴桑的事："他是我们家亲戚，嗯，是表弟吧，老家在大西北，你知道吧。"

我不知道。

茴桑去年来的北京，住在林栀木家的四合院。初来乍到就在锣鼓巷放言：驴肉火烧不好吃，所以林栀木同他打了一架。后来也算是不打不相识，俩人关系越来越好。

"阿桑在初三2班……"

我托腮认真地听，茴桑与佐乂确实有那么一点儿像，像无人管束的野兔、野猫，像村野里漫山遍野的野花、野草，但都能给人带来茫茫僻野中的暖阳。

"然后呢，继续说下去啊！"我催促林同学，可他却戛然而止了，"我要卖个关子。"

"喂！"

他让我别光听故事，"你和严肆肆怎么还没闹掰？"

"闹掰干什么？"

"让肆肆当我的专属老师！"

"你想得美！"

在处暑解释什么叫木樨蒸

在我不懈的"威逼利诱"之下，我的好闺密终于同意国庆节同我还有隔壁班的林栀木一起去劳动人民文化宫转转。国庆节那天，林栀木似乎特别紧张，一大早就吃好了饭。我尽量把他安抚好，等到与肆肆见面时，不会让她觉得他很怪。

"肆肆！严肆肆！"我们在一家稻香村门口等到了她。

"林栀木，你闭嘴，小男生矜持一点！"

他不理会我，一见到肆肆他的小心脏都要从心窝里掉出来了，他推开我，只同严肆肆并肩而行。

"肆肆，肆肆，肆肆，肆肆——"

我的脑袋快要被他吵爆炸了。

林栀木把一大盒茯苓饼举到她面前，"你爱吃吗？你吃啊！你快吃啊！你能把它吃完不？"

严肆肆直言不讳："我不爱吃这个。"

"那豌豆黄呢？还有驴打滚呢？你们小女生不都特爱吃甜的吗？"

"……"

严肆肆汗颜，额上挂满黑线，"池笑你怎么事先不告诉我，林栀木这人……"

"我怎么会知道？！"我赶紧给自己辩解。

"反正你对我造成了精神损失，池笑你立刻补偿！"

林栀木见我们在说着什么悄悄话，他也凑过来。

"池笑！你赶紧给我解释明白！"

"我哪知道？！"

然后，林栀木和严肆肆开始一同找我的碴。

"池笑你真讨厌！今天喊我过来还花我八块钱车票！"转眼如丝的秋雨落下，肆肆咬牙切齿地买了把高价透明的塑料伞。

栀木灵活地蹿去伞下，然后跟着说："池笑你真讨厌！就是因为你，茵桑上次顺了我一支荧光笔。"

"喂！这和我有什么关系？"

"就有就有就有。"

正当我们吵得不可开交时，肆肆被栀木绊了一跤。

"没事吧！"

她站起身，然后无情地将他推出两伞距离，然后钻进人群，不见了踪影。

"喂！"我以为她不会发作的，"肆肆！"可一切都是我以为。

"快追啊！"

可枙木就愣愣地站在那儿，"池笑……"也许，林枙木也在以为，他以为严肆肆看见他这样会觉得开心。

人群几乎被分成两半，绕开定在原地的我们，他们都在往前去，然后不过多久，又合成一拨。当雨滴打在我眼镜片上时，我知道，有些雨是非下不可的。

"走吧，池笑，我们去躲雨。"

雨也不是一定要避，但是林枙木想这样做。他把我扯进文化宫。他说我像是丢了魂。

"对不起。"

人好多好喧哗，他根本没听见我说了些什么。他拉着我往人群的中心挤去，这时，有位店员向我们走来。

"是画画的还是当模特？"她问我们。

那是逢年过节文化宫会举办的活动，一人当模特一群人画，画画的人需要缴纳五元报名费。之后画好了，由模特挑出自己最喜欢的一幅，那么这幅画儿的作者可以获得一大袋面或是一筐鸡蛋之类的奖励。

"我们避雨……"林枙木解释，"可以吗？"他似乎比平日多了几分拘谨。

"不太行。"看着坐满人的长凳，店员说现在人挺多，恐怕没地方给我们避雨。

"那就报名吧，报一位，我画画。"他掏出五块钱。店员告诉他，去那个小窗口可以看见模特。可林栀木摆了摆手，"不用了，我随便画画吧。麻烦给我纸，还有水笔，谢了。"

"哥……你加油。"我抿唇看着他，还有他笔下的纸。

"好啊。"

他抬手折腕，笔起笔落，像风过风息。

"哇哦……"

"这就'哇哦'了？池笑，你以为你哥只有这点儿出息？"林栀木把没水的笔架在画板上，他应当是个骄傲的人。

林栀木垂眸，在纸上留下潦草零乱的线条，是安静，也是躁动。不过我可以清楚地认出，"哥！你画的这是……严……"

"对啊，严肆肆。好看吗？"

"好看，又不好看。"

"问题不大，肆肆说好看就行。"她在他心中一定是最好看的！我觉得林栀木也没那么怪了，至少他会画又好看又不好看的画儿，我觉得他人真不错。

后来过了半小时，店员来收画儿了。

"可以不交吗？"

"交吧，没事儿的。"我由衷地说，"哥，你画的肆肆真好看。"

"是吗……"他也是真的不经夸，大笔一挥，在画边上签了个"林"字，他拜托我帮他递过去。

"嗯……"我手特欠，总觉得还缺了些什么，便往"林"后头加了一个"笨蛋"。

"你在干什么啊？"

"没有没有。"我忙捂住我加的字儿，然后交了上去，想着那小模特看见这牛头不对马嘴的画是会奇怪还是会生气。

"林哥。"交完画回来，我们一起等结果，"有没有一种可能，模特觉得你画得很特别，然后恰好选中你？"

"没有。"他斩钉截铁，"如果这样，我就……我就吃芥末饺子，倒立吃……"

"林笨蛋……那个叫林笨蛋的还在吗？过来领下奖。"

"哈？"林笨蛋，等着吃芥末饺子吧！

　　他从店员手中接过奖品，是根两米长的甘蔗，扛在肩上像扛着齐天大圣的金箍棒，特拉风。

　　"怎么样？帅吗？"他回头看向我。

　　别人却叫住他："林……嗯。去见见模特吧，她想见你。"

　　我们去到另一个房间，就看见那个熟悉的背影。

　　"肆肆！"

　　她猛地回头，眼中迸出星星。

　　"我就知道是你。"肆肆双手用力一掰，掰下一节林枙木的甘蔗，"怎么？可以送给我吃吗？"

　　"哦……"他咬唇。有句话不就叫作：她的是她的，他的也是她的。

　　那一天，林枙木笑得像个白痴，他搞不明白，为什么严肆肆会在那么多人中选中他。"这叫缘分，你懂不懂啊，池笑。"

　　我不懂，我只知道，肆肆是背对窗户，以背影示人的。可只有林枙木画的是正脸。

　　"哥……"

　　"哈哈哈。"

　　"啪"，茵桑打开了他屋里的灯，光亮中他得意地指着门后鲜亮的东西让我看。

"茵桑，这是你的吗？！"

那是个闪光的头冠，串着绒球，镶着珠花……池落也曾用过和这个有点相似的。

"是我妈的，不过现在是我的了。"

"你也是学戏的！"

"你也是？"

"池笑！"他叫我，我抬头，"寒舍住在清波门外，钱王祠畔小桥西。些小之事何足介意，敢劳玉人访寒微？"那不是《白蛇传》中"游湖"片段的唱词吗？他这是……在考我？

我有些后悔告诉他这么多了，毕竟从决定考戏剧专业至今不过三个月，过去学戏的回忆也未曾唤醒。

我屏住呼吸，茵桑走过来，踮起脚，将冠扣我头上，像是在加冕。

"姐……还得练……"

好重啊，我脑袋一沉。一切都开始失控，失控地往好的结果走去。"谢君子，恩义广，殷勤送我到钱塘。我家住在红楼上，还望君子早降光。清茗玉露待君访……"

"好！"他拍手，让我继续。

·火烧

"君子，莫教我望穿秋水想断柔肠……"

"好一位娘子！一见神仙归天上，不问姓名忒荒唐！"

我们在月下，不，在灯下周旋。他唱许仙，我唱素贞。

"可以啊，池笑！"

我涨红了脸，我也没想到我居然还会这个，"茴桑……谢谢你！话说，你也考中戏附中？"

"嗯。不过不是戏剧专业，是播音，我妈想让我考那个专业。她大概是想在收音机里听见我的声音吧。"我与他有点像啊，可不止一点像。北京的万家灯火也许不属于我们，我们可以在心中燃起花火。

他问我，是为了什么去学戏。

"为了姐姐吧，她很喜欢这些，一直很喜欢。"

我们还想继续聊下去，我的手机响起来。

"我接下电话，稍等。"

我按下接听键："佐义，有什么事儿吗？"

是那个熟悉的声音："没事就不能给你打电话吗？"平平淡淡，激不起波澜，"池笑，过节了。给你寄去了礼物，收到了吗？"

"你寄哪儿了？！"

"你上次发我的……"

好了，不用讲了，他这是寄到我原先租的房子去了，我搬到现在住的地方忘记通知他了。我道了谢，准备立刻赶过去。茴桑没问我要去干什么，只是跟着我往车站奔。

"茴桑，你跟着我干吗？"

"姐姐，那是对你很重要的人吗？"

"嗯，挺重要。"

后来，赶到了地方，找到那个纸盒儿，也热出了一身汗。茴桑抱起盒子，还给我递纸巾，"姐，擦擦汗。"

"茴桑，打开看看。"

"我来拆吗？好。"

划开条缝后，盒子自己打开了。

"哇！是小羊崽！"他惊呼。

是活的小羊！是会拉小屎蛋的小羊！佐乂这人怎么邮给我个小祖宗？这让人怎么养嘛，我有点想骂他。

可茴桑好高兴，"是小羊！"

"你这么喜欢？"

他揉着小羊头顶的毛毛，"喜欢！从小就喜欢！姐你不喜欢吗？"

茴桑真可爱，哪里像佐乂，寄了礼物就问我报销邮费。

后来回到家，林柩木挺惊讶，"哪儿搞到的好料？烤不烤？"他信口开河。

茴桑挡在小羊前面，"不准动！这是池笑姐很重要的人送的很重要的礼物！"

我见他这么喜欢，便让他来饲养。

半小时后，当我出现在茴桑的房间时，他正抱着小羊打盹，眼睛微闭，大概是快睡着了。我知道了，他喜欢小羊一定是因为它的身上有他想念的味道，就像我想念池落。茴桑会想谁呢？我坐在窗边看着新月思索，真是个有趣的问题啊。

"小茴桑啊，你有想念的人没有？"我没指望他回答，可一回头他那双澄澈的眼睛竟睁得老大，直直地望向我，"姐，我也有很想很想的人。"

"谁？"

"你。"

"我？你瞎说！我就在你面前啊。"

"不，我们相距五米呢。我会一直想你，直到距离归零。"

"可是我一米六三，你一米六，我们之间的差距有点大啊。"我开玩笑地说。

　　他说他会努力追上的，"晚安，姐！"那声音多少有点不像他，"如果暂时追不上，那就保留想念，直至梦中。"

　　"啊……"

白露会有什么不同

　　后来，日子就这样平平淡淡地过去了。林枙木和严肆肆的关系越来越近，差点儿就要成为好朋友，而我和小茴桑成了好朋友。

　　我们四个，有个共同的小目标——考上中戏附中。我们四个，又有个远大的梦想——永远不要分离。我们带着这样的希望走进了中考考场。我同茴桑户籍都在外地，所以被分在了一个考场，他坐在我前面。

　　记得第一门考的是语文，试卷第一项是基础默写题，也是送分题。当时让默的是陶渊明的《桃花源记》。

　　"晋太元中，武陵人捕鱼为业。缘溪行，忘路之远近。忽逢桃花林，夹岸数百步……"学这篇课文的时候，我好像还在库尔勒吧。那节课，佐义领着我翘课去水库来着，去捉鳖，去烤鱼。

　　"池笑，好吃吗？"

　　"如果不腥，应该还挺好吃。"

"有得吃就不错了。"

"佐乂。"我吐出根刺，吃得不是很安心，"佐乂，我们会被老师发现吗？"

"会。"他永远气定神闲，"肯定会。"

"啊？！那怎么办？"

"问题不大，《桃花源记》简单，我早就会背了。"

"可是我不会诶！"我哀叹。我发现，有些人就是很厉害，干什么事都笃定。有些人则手忙脚乱，交作业的时候忘带本子，记得带本子了，却发现直接把那项作业给忘了，比如我……

所以，"忽逢桃花林，夹岸数百步"，后面一句究竟是什么啊！我揪着头发。是什么啊！我努力回想。拉肚子的无助感蔓延，就是我高考复读那年的无助感。

是什么啊！！我就像是个白痴，脑袋还没猪脑袋聪明吧。不论是课文还是戏文我背了就忘，可我也会忘了再背。

是什么啊……看别人活得那么轻松，为什么我会这么累啊。佐乂可以那么不迫，池落小时候也是那样从容。有些人往那儿一站，就是中心。

所以究竟是什么，我终于不知道了。努力，总被说不够努力，想"躺平"，也不那么容易。也许我注定会成为中等生，甚至是倒数者，用力发光发热，燃烧，成为火，可最后又被掐熄，不留一点火星。

我放弃了那道送分题，之后竟也勉强算得上是顺畅了。

后来考试的间隙，茵桑回头问我借了支笔。

"你随便挑吧。"

"就它了。"他选定，然后扯过我的草稿纸，"我试试有没有水啊。"他在纸上飘逸地写"池笑"二字——我的名字，我竟觉得有些许陌生。

"你干吗？"我警觉，他说他在试水。我问他："干吗不写你自己的名字？"

他说他不想，试水的时候就想写我的名字。

"叽叽。"我没什么心思调笑，"那下次我也写你的名字吧……"

"你怎么写？"

"茵桑啊，不行吗？"

"如果可以……池笑，你叫什么名字？"

"废话。"这人，考试把脑子考糊了吧。

茵桑摇头，"他们都叫你笑笑，我偏不！"他说我又不小，我比他还高呢。

"以后，我叫你池池吧。"他说，"池池姐……"

我嗤笑，茴桑你可真有意思啊。

佐义是太阳，可你偏作月亮，接近光，然后反射光。

"池池姐，等中考结束，等以后，你可以陪我回老家。"

"池池姐，那儿的山可高可高了，你可以爬上去吗？"

"池池姐，你爬不上去也没关系的，我可以等你！"

"池池姐，你也等等我，等我们一起长大喽。"

"……"

后来中考真的如梦如醉般地结束了，我们谁都没出去玩，只是静等出分，过着焦虑且聊赖的日子。

当时，我直接住去了严肆肆家，天天近距离"观赏"这个人焦躁到发疯。

出分前一天傍晚，她暴食半斤稻香村的芙蓉饼后终于忍不住了："不行，我得去把林笨蛋叫出来，给我当出气筒。"她一个电话，林枙木就颠颠地来了。

"肆肆，我们去雁栖湖玩儿去吧，就咱俩人！"

"行吧。"

我总觉得严肆肆和林枙木一起玩儿的时候会缺根筋。

"笨蛋，你逛园子，干吗还提个小桶？摸鱼？"肆

· 火烧

肆问他。

"拓画。"

"哈？你搞什么名堂？"

"拓地上的雕刻画。"

"哈？"

林栀木抽出卷纸，铺在地上，用刷子沾桶里的颜料水，然后跪在地上一顿锤。严肆肆明白他要干什么了，铅笔拓硬币似的拓画，可真有他的。

"笨蛋，地上冷吗？"

太阳已经落山，游客散去。

"不冷。"他给她一张纸，"你拓吗？"

"拓。我去拓那边上的字儿。"

后来肆肆拓完了，又回来了，"林栀木，你真慢。"

"才不慢，我慢工出细活儿。"

看着他趴在地上，撅着屁股，严肆肆一咬唇，提起桶，把颜料往他后背浇。墨色的水四溅，溅在肆肆的白鞋尖上。

"肆肆，你没事儿吧……"

"哈哈哈哈哈，对不起……哈哈哈，可是……"

"没关系，严肆肆。"林栀木是男子汉，林栀木才不会生气呢。

126

后来他俩坐在湖边看对岸的灯。

"林笨蛋，你没事儿吧？"她再三确认，"你外套给我。"

"干什么？"

"给我。"严肆肆把自己的外套给了他，甩了鞋子，蹚去浅水处。

"肆肆！你干吗！危险！"

她俯下身，把衣服在凉水中晃荡，后来又举起来挥，像挥着胜利的旗帜，像整片湖都成了她严肆肆的王国。

"喂 —— 笨蛋 —— 来玩水 ——"

"唉 —— 好嘞 —— 这就来 ——"

他们拿装颜料的小桶互相泼水。

林枳木人高马大，明显更胜一筹。

"唉呦……"盛满水的桶举在半空，欲落下而未落下。

"肆肆，老实交代，我是笨蛋吗？"

"不是不是。"

林枳木让她回答一个问题，回答了就不淋她，"你为什么想学书法，当书法家吗？"

"嗯，当很厉害的书法家，一小寸字儿可以卖一万块的书法家……"

哦，她是为了钱啊。

"所以，你就报了书法专业。"他放下水桶。

"嗯。你报了美术专业也是想当画家吗？"

"哪像你这么功利啊，严肆肆。还有就是……我填的志愿也是书法，我陪你吧，有苦一块儿吃。"

脚下淤泥松动，有清风拂面，严肆肆与清风格格不入，当然，她也不属于月旁的残存的云彩。

林枙木不要她成为画中的云雨花卉，不要惠风和畅，不要她柔情似水，她想在铜臭中跌打滚爬，那就跌打滚爬吧，他可以陪着她。他只要她恣睢，要她同她的名字一样，在青春大好年华中快乐、肆意妄为。

他看得出来，"严肆肆，我觉得，你被压抑了很久。"

确实如此啊。她爸投资失利，没钱又没了老婆，再后来又酗酒，从来不怎么管她。她就拿着那少得可怜，这月有下月没的生活费和哥哥一起生活。严肆肆的哥哥叫严壹壹，壹壹是胡同里典型的贫嘴"老鼠"。肆肆小时候每天最快乐的时间就是和壹壹手拉手一块儿去菜市场，买把一块五的小菠菜，做麻酱菠菜吃。然后壹壹再捡根别人不要的蔫葱，顺便捞俩发紫的蒜瓣，别人发现不了，发现了也懒得理会。

"严壹壹，你别偷拿别人的蒜。"她正正声，却仍是奶声奶气，"小心人发现。"

"知道了知道了。"他每次都很敷衍，然后再摸一块摊子上售卖的大冰糖塞给她，"没事儿的，你哥技术好着呢。"从第一次为肆肆偷枣泥发糕开始，壹壹大概有点以耻为荣。

严肆肆推开他，"你迟早会被打的。"

"好好好……"

每次出菜场的时候，肆肆都会被门口会唱歌会摇晃的电马吸引。

"这个，好玩吗？"她仰头看着上面坐着的与她同岁的小姑娘，小姑娘的妈妈站在一旁帮女儿赶蚊子。

"不知道啊，以后玩玩儿不就知道了？"壹壹含着根细葱，吹着玩，看似不经意的样子。

"我现在就要玩！"

"别啊，一次二十个钢镚儿呢，今天玩了，你明天可就没饭吃了，饿哭了别怪我。"

"你骗我！明明只要两块钱！"

"没有！我没有没有没有没有没有……你个笨蛋小破孩儿！"他拽着她跑，气喘吁吁跑到胡同口，严壹壹想到了些什么。

"你问我好不好玩儿……我也没玩过啊。"他忽地趴跪下来，四肢触地，撑在冰凉凉的石板上，"我摇得和那一样，要不你骑我身上试试呗。"

肆肆踢一脚他的屁股，"我才不要呢。"

"所以，"严肆肆笑着讲她小时候的糗事，"长大我要当大富翁！"

"严肆肆，我带你去一个地方！"林杞木扼住她的手腕。他把她拉去时代美术馆，明明已经闭馆了，他和门卫打个招呼就带着她从警示带下钻过去。

林杞木看了一圈，选了最中间的位置，从包里拿出一幅肆肆的毛笔字作品，就要往上挂。

"你干什么！"肆肆惊叫，她吓坏了。

"把你的字儿挂上去，让你提前当大师。"

"可是……"

他说没有可是，"这个展览是我妈帮舅舅办的，我妈出的钱，等于我出的钱。"

"严肆肆，你的字有水平挂在正中间！"

"林杞木，你太……"

"太怎么？"

"没什么……"

晚上十二点，林杞木送严肆肆回家。胡同口，严壹壹握着根没毛的扫帚杆儿正靠着墙，睡得像摊泥。

"这是……"

"不要管他。"她羞红了脸，多希望林枙木没看见他。后来她哥身旁的狗狂吠起来，严壹壹醒了，他爬起来用棍子指着肆肆，"告没告诉你不能这么晚回家？"他揪住她的袖子。

"喂喂喂喂喂，你在干吗呢？"林枙木甩开他的手，"爪子拿开，别对人动手动脚的。"

"多管闲事，谁呀你是？"他说他正教育妹子，不劳你姓林的费神。再不走开，小心他拳头不长眼。

"别吵了！！"严肆肆挡两人中间，"吵什么，都闭嘴！"

"肆肆！"林枙木一步上前，扶住他。

路灯下，他的面庞，终被照亮。

"林枙木？！"壹壹忽然认出他，"哈哈，这不留级留了两年的好同学嘛。"

"别阴阳怪气！"肆肆给他一记肘击，"你留级一年，没比他好多少。"

"看你还没挨够吧。"

"我们打一架吧。"

林枙木忽然就明白为什么严肆肆这么会打人了，原来是在家操练过的啊。

严壹壹对林枙木摆出一副气势汹汹的样子，他想，若是下次姓林的还带着她妹妹玩那么晚，他就把他狠狠打一顿。

热知识：白露之后是秋分

二〇〇六年春节的时候，刘德华老师的那首《恭喜发财》已经火了一整年。超市放，商场放，胡同口的大喇叭也在放，声音响得我头痛。

那天，我、柜木、肆肆、壹壹当然还有茴桑一块儿出门，可谓是兴师动众地去买瓜子花生。林柜木提着大包小包，竟还有劲儿跟着哼哼："恭喜你发财，恭喜你精彩，最好的请过来，不好的请走开，礼多人不怪……"

"我祝满天下的女孩，嫁一个好男孩，两小口永远在一块。"严壹壹立刻默契接上。这人倒是两手空，大概是包裹都让肆肆和柜木拎去了，他手上转着他们家仅有的一枚门钥匙。

严肆肆白了他一眼，"别这样看我，歌词儿本来就是这样的啊。"

肆肆把鼓鼓囊囊的塑料袋挂他脖子上，"自己拎去，大过年我可不想骂你。"

"你拎！"

"死走！"

"你死！"

"⋯⋯"

这是什么幼儿园式的斗嘴啊⋯⋯林枙木在一旁偷笑 —— 肆肆吵架的时候也好可爱啊，她从小就可爱，严肆肆是最可爱的！

我和茴桑忙上去劝架："大过年的是吧⋯⋯咱喜喜庆庆，别你死我死的是吧⋯⋯"

茴桑抢着拎我手中的年货，"池池姐说得对。"

"笑笑，这人说要揍我，笑笑⋯⋯"

"嘿，是哪个人说要骂死我来着？⋯⋯"

"大家和和睦睦、美美满满啊 ——"

"池池姐说得对。"

"别吵了！再说最后一遍！和！睦！美！满！"

"池池姐说得对。"

"⋯⋯"

二〇〇六年，我们是这样过年的。

哦，你问我们中考考没考上中戏附中啊。当然是全员没有⋯⋯没有一人没考上啦！肆肆和茴桑是闭着眼睛就能过的，我与林枙木是好不容易支棱起来的，特别是枸木，两年的复读生啊，竟也考上心仪的高中，太不容易了！

"哟，这人也能考上啊，不会是有什么猫腻吧……"这让隔壁中学的严壹壹特别不服气，想当初林枸木也是和他竞争最长留级时间的有力选手。

"不可能！林枸木才不会呢！"和哥哥唱反调什么的，严肆肆最喜欢了，可这次也不完全是唱反调，"严壹壹你就是个小人！"

"确实。"

"确实。"

"确实。"

这个观点我们全票通过，恭喜严壹壹获得新外号"小人"。

严壹壹确实欠，他是会收集小羊的屎蛋子然后混林枸木家的皮蛋筐里的那种……对了，我的小羊顺利长成了大羊，大羊胆儿特小，我们一近身它就"咩，咩，咩"地尖叫，尖利得使人闹心，茴桑再也没有办法抱着它睡觉了。

晚上的时候，我们齐聚在林枸木家看电视。林枸木家真是富豪啊，光电视就有两台，我们看春节联欢晚会，肆肆和枸木这两人非跑去书房看电视剧。

架不住肆肆的要求，林枙木找出了好些年以前的综艺节目。

"这个小孩，哈哈哈，怎么还赤个膊呢？这个是你吗？"

"是的吧……"林枙木竟也有"娇羞"的一面，"我小时候好土啊。"

"你现在也土……"后来，严肆肆发现了盲点，她指向电视里的小姑娘，"林枙木！你怎么跟她关系这么好！这是不是你的青梅竹马？"

"啊哈哈。"他掩面，不敢直视她，却又快把电视望穿。

"你说啊！到底是不是嘛！"

"仅仅是一起堆过沙堡而已，息怒息怒，都是节目效果啦……"

……

严肆肆这个小姑娘真有意思啊，林枙木觉得她能给自己带来很大的乐子，所以他想往后干什么都带上她。比如上次，他带着她去美术馆挂字画，后来竟被人截取了监控，发上了网：主办方家属深夜偷画。他与肆肆差点儿就上了热搜。

"你害怕吗？"那天，他问她。

"不啊。"

"为什么？"

"因为有你可以为我做垫背啊。"

"哈哈，这样啊……"

"开玩笑啦。"

知道那种感觉吗？似乎是你与全世界为敌，却仍有人愿意站在你身旁。

再后来，严壹壹不知从哪儿搞了两瓶啤酒。他喊林枙木："出来，喝点儿啊。"

"枙木，别同他瞎混。"肆肆拉住他，"小孩子可不能喝酒。"

"不来了，我比你年轻，我还没成年呢。"

"肆肆，你出来陪哥喝两口不？"

林枙木和严肆肆从里屋里走出来，"那我只好奉陪喽。"他说他今年八月就该满十八岁，十八岁就是大人了。

"才不是呢！你不过就是笨蛋小孩儿好不好！"严肆肆食指沾酒，舔了舔，小猫舔脚似的，然后眯起眼睛。

当电视传来新年的钟声时，一首《难忘今宵》再次响起。

"来玩儿游戏吧。"他建议，"咱们玩黑白配，哪个人被配出来就接受惩罚。"

"好啊，挺有意思，怎么惩罚？"

"真心话或者大冒险，怎么样？"

"好。"

他们是好了，可惜池笑不怎么好，第一轮游戏下来就输了。让池笑选惩罚，池笑选了大冒险。

"池笑，你把手机拿出来。"严壹壹出声，他果然特会玩儿，"电话，通讯录，第一位是谁？让咱看看呗。"

"哈哈哈哈，我哥最坏了。"

通讯录第一位会是谁呢？我自己都不确定，是妈妈或者爸爸吗？如果不是……该不会是……是池落吧！

池笑点开一看，是佐乂！差点把他给忘了哈！

佐乂昨晚零点发了一条信息："年三十快乐，今天我把腊八剩了好些天的八宝粥喝完了，你吃了吗？"

另外一条是今晚十点发来的："。"对，短信的内容只有一个句号。这人啊，估计是还没学会怎么用手机呢，一个句号，花我一毛钱吗。我不相信，他发句号，仅仅是为了让他的祝福不被那些群发的广告淹没，我不信。

他们问，第一位是谁。

"朋友，很不赖的朋友。"一抹桃红闪过面庞，"你们大概不认识吧。"

他们起哄，"池笑给他打个电话吧！打电话！开免提！打电话！开免提！"

你知道那种感觉吗？自己的珍藏被迫在众人面前展示，可那是属于我的东西，任何人都不可以看见，一缕光都不行，特别是那缕光。

"不啦！"我正推脱着，电话响起来了，是佐乂。他们帮我接起来。佐乂真傻啊，我姑且幻想成他不愿让我为难吧。

他给我打电话，可他又不说话。

"佐乂，什么事？"我先出声了。

"佐乂，回答啊，信号不好吗？"

"佐乂……新年快乐？"

看他久久不答话，息屏了好久的严肆肆"噗"一声笑出来。

"池笑，那就新年快乐吧。"佐乂定是听出了不属于我的声音，"池笑，我的羊还好吗？"不知是不是扬声器的原因，他的声音脆生生的。

"嗯。"池笑讷讷点头。

林枙木是喜欢找乐子的人，他一听有好玩儿的，轻咳一声，理理声线："喂，我杀了啊，真的杀了，你可别反悔。"

严壹壹特聪明，一个眼神就心领神会地同他打起配合："你杀呗，池笑又没拦着，她不让你片薄点儿吗？好涮火锅，蘸麻酱！"他捏起鼻子，唱双簧。他们以为佐乂会很生气或很心急吧。

"喝酒了？"佐乂耳朵尖得像兔子。

严壹壹瞪了瞪眼，他要加把火。他拿钥匙在桌上划，那声音尖利，像是在磨刀："刀真快，一刀准死透。"

"随便你，杀羊的时候穿好围裙，血可别溅上了。"佐乂那边一阵模糊，之后又恢复爽利，"我不管你杀什么羊，别动我那只就行，不然……"说到这儿，信号忽断，之后接上的是——"不然……哈哈，池笑新年快乐。"

"这人声音好像小女生啊，哈哈。"林栀木大笑，这乐子倒是可以啊，严肆肆扯了扯他，"还是很漂亮的那种小女生哦。"他一点都未收敛。

"佐乂，新年快乐……诶！别挂！别挂啊！"

后来电话还是挂了，我的朋友放声大笑，林栀木开玩笑道，这声音可比学播音的茵桑更带劲。茵桑淡笑不语。

我一人离开，去院里想给佐乂回个电话。电话里，他好像个大玩具。像兔子，明明尾巴短还得被人揪，想咬他们，又没什么杀伤力。我太知道了，以往每当无助时，佐乂会咬牙，但佐乂不会说。可现在我不在他身边，他也不在我身边，我不放心他，他也毫无胜算。所以我给他打电话，一个接一个地打，可他就是不接。我只好给他发短信："佐乂！你别干傻事儿！"

他很快回信："怎么会呢？你怕我会报复他们？你太不了解我了。"

"佐乂，你别生气……"

"这是你的狐朋狗友，我怎么会生气呢？"

"算了，佐乂新年快乐吧。"

"睡了，再见！"发完这句，佐乂再也不回信息了。

我抬头看看大月亮，月亮告诉我他没睡，月亮上有他的影子，影子里佐乂在为我的狗擦粑粑。

"佐乂，对不起啊，我朋友他们开玩笑的！"

"佐乂你相信我，怎么会杀羊呢，我会养到它死的！"

"佐乂！你回话啊！你快回啊！"

佐乂，你还不知道吧。我给这只羊起的名字啊，叫小伊。晚上睡不着的时候，我不数羊，我打羊。因为你说过的，你想我的时候，就打我的狗。我这叫如数奉还吧，我开玩笑的，你别生气啊。佐乂，我知道你现在正在心里回我短信呢。你会回：池笑，我声音才不像小姑娘，我明明是大男生，谁欺负你，我哪次不挡你身前，帮你欺负回去？

佐乂啊，你太坏了，别那么坏嘛，心胸若是再开阔一些就好了呀。我知道佐乂不仅坏，还会悄悄地、狠狠地骂我。种树的时候在沙地画圈诅咒我，洗碗的时候也不放过，在油渍上画，边画边骂：池笑！谁让你去北京的啊！佐乂，我也不想来北京啊，可是我更希望你来北京！你为什么不在北京啊，佐乂，你要是在我身边还敢不回信息，我一定不杀羊，我第一个拧你的胳膊。佐乂……

"池池姐，一个人装什么深沉？"背后有人走过来，是茴桑，"来玩游戏吧。"

"不了。"

"我们俩玩，不让他们来。"茴桑真懂我，"猜拳，谁输谁回答问题，好吗？"他告诉我他会出剪刀。

我不信，然后比了布，多想了他一层。

结果我聪明地输掉了，茴桑真的出了剪刀。

"问题：池池姐来北京为了什么呢？"

"像我姐那样，唱戏，当明星。"我大言不惭。

"想姐姐了？想她去找她啊。"

"我不知道她在哪。"

"抱歉，那就……想她就去追她的梦吧。"

我问茴桑来北京干什么。

他答非所问，他说他喜欢在公路上骑小羊。

"你在说什么啊……"

茴桑说如果不是妈妈喜欢，他应该不会来北京学播音。

"我们还有点像的哈。"

"继续玩儿，继续玩儿。"

石头剪刀布，他又出剪刀，我又出布。

"哇！今天真背！"我惨叫，前头大院儿有烟火蹿上天，我竟也有点儿想当万户，心中有火焰，天涯海角什么地方都没有屏障，可以用生命学鸟儿飞翔。

茴桑并肩同我看烟火，"池池姐新年快乐！许个愿吧。"

茴桑说他的愿望是……新年里和池池姐每一天都可以一起开心地过下去。他拉着我往大街上跑，不给我发愣的机会，"还有一个新年小贴士给池池姐，新的一年我们可以一起跟着执念去追梦啊！"

"池池姐，以后猜拳，我都出石头，你安心出布啊。"

我被他牵着去看烟火，跑着跑着，手机颠出口袋，茴桑一把接住，"没收了，当游戏的赌注。"他又把他的手机给我，"我们交换，交换到明年。"

啊！一百零八个心眼子的佐义在我心头闪过，其中有一颗里面塞着我，一百零七颗都是自由的他。

"其实……交换一辈子也不是不行。"

寒露的区别是多一个佐义

后来，我们在各自擅长的领域闪闪发光。

"可以啊，小茴桑，混得风生水起嘛，一转眼就成我们中戏附中广播站主持人啦？"

"池笑，彼此彼此啊，我们学校各大节日晚会舞台上不都有你的身影嘛。"

我微微一愣，想告诉他现在台上是京剧学习会演，和原先初中在舞台上演话剧、音乐剧的感觉完全不同。想来，我已经好久都没演佐义写的剧本儿了，那感觉有点儿奇妙，也许他已经有新的"御用"女主角了吧，也许他在他的学校也会声名鹊起，也许他会成为真正的"天选之子"，不再是曾经玩笑中的"天选之子"。可我有点私心，不希望这样。

我正发呆呢，茴桑拍拍我的肩膀，"我去广播站了，记得听我的声音哦。"

"好，你去吧。"

他在半个班的目光中离开了，还有一半的人呢，汇聚在同他说话的我身上。托他的福，我很不自在。

我记得那天早上，天白到发灰，也没什么光。幸好我们一般自己会带小台灯。我在那深刺瞳仁的光亮下写卷子。写的时候，能听见茴桑敞亮的声音。

写到一半，揉揉眼的工夫，我忽然听到广播中传来有意思的东西，就是同学可以给老师或是朋友点歌留言，这应该是广播站新设计的板块吧。

"今天这位同学……要点一首林俊杰的《星球》送给……嗯……"茴桑这么不上台面的吗，这就结巴了？到底是首秀，经验大概还是不够啊。"这首《星球》送给高二五班的池笑同学。"

哇，我自己都惊讶，会是谁给我点的呢？

"在遥远星球，有一颗气球……每晚的夜空它都会闪烁，发出来的光芒一直提醒我……"

见目光汇聚在自己身上，我忙低下头。

"虽然它只是一颗气球，对我它就像真实星球，虚幻总会实现，相信我，有话要说。"

我想写字，笔却落不下去。

"我的呼吸我的叹息，我的话都为你说，我的努力我的放弃，我每步都为你走，在你梦想的边缘，总有一个人，一直为你为你守候着它。"

"……"

这首歌……怎么会是给我点的呢？我不知道。

我只知道，我每天早上差不多都是五点钟起来练功，而后六点半或是七点钟同茴桑他们一块儿吃包子。对，周六周日也这样。

"好累啊，要死了，我不想学了。"有天周末，我抱怨，"专业课老师居然又让我们录一遍程派《白蛇传》游湖选段。上学时候还没唱够吗？怎么又来？"

茴桑让我加油："没事儿，大不了我试着帮你录一遍？猜猜老师能不能听出来这是你的声音。"

"哈哈哈。"我被逗笑，"这不废话嘛……"

茴桑他们配音社团留作业时，他会把我也叫上，我会唱《锁麟囊》。我会唱那半吊子的赵守贞，茴桑竟也能试着哼哼薛湘灵的唱词。

"哈哈哈，小茴桑啊，你这嗓音，可别玷污我的薛湘灵。"

"怎么啦？我这叫没有技巧，全是感情。"

在夏天抽芽的柳树下，茴桑甚至会教我弹六弦琴，我们一人一个小板凳，板凳下还有一瓶健力宝和一瓶北冰洋。

他说:"如果不学播音,不当电台主持人……那我想拉琴!专业的那种。拉得很有名很有名,你在北京也能看见我们乐团的音乐会!"

"茴桑,可能吗?"

"努力啊……会成功的,一定能!"

我知道这些。

广播里音乐接近尾声,我听见茴桑在吹话筒。"喂,喂,你能听见吗?高二五班的池笑同学,这首歌是你的同学 —— 高二五班的茴桑送给你的。对,是我点给你的。"

我本来就知道会是他,但是依旧很激动。

"池笑,茴桑同学还有话要送给你。"他让我现在起身,去第三组第二排右边的那个位置看一看。"看见了吗?是送给你的礼物。"

这是什么嘛,一卷卷粘了好多错别字的胶带串成的手链。

"对,你撕一截看看。"

我按照他的话,撕下一段看:池笑,今天也要努力哦。

再撕一段:池笑,今天没有太阳,我做你的小太阳。

茴桑，你这人啊。我仿佛看得见，他捧着手链蹦跳到我面前，眼里含着水做的星星："锵锵……"

记得那天之后就快青年节了。青年节的庆祝仪式是每班都要在操场上摆几个美食摊。我们班老师见茴桑如此"能干"，便把这活分给他了。

"卖什么吃的挣钱呢？"我给他出谋划策，有没有什么好吃且新奇的家乡特色美食啊？

"哦！家乡特色。"他抿着食指，"糌粑，你吃过没？"

"有幸尝过。"

"奶茶呢？"

"这也太普通了吧，大街小巷全都有。"

"对了，奶渣糕你喜欢吗？"

我觉得这个可以有。后来我帮他画招牌，"你的店要叫什么名儿呢？"

"你来取吧，这是我们的店。"

我盛情难却，可我在起名方面真的是个白痴。叫什么好呢……谈起家乡美食，我都想家了呢，简简单单，就叫作——梨城奶渣糕吧。

"嚯嚯，我老家的小吃怎么还有个你们市的名字

·火烧

啊。"

　　青年节那天，我与茜桑站在毒辣的太阳之下，我们班主任带着点儿恶趣味地"警告"我俩："营业额不到三百美食币可不准回班！"

　　"好嘞，老师。"

　　我一点儿不紧张，因为我知道站在身旁的是茜桑。我知道他也不紧张，他正踮起脚，尽量佯装鄙视对面小铺。对面，大概五米开外，有个瘦削到几乎孱弱的男孩子在独自贩卖。现在正弯腰支着属于自己的招牌，校服白色 T 恤穿在他身上有点短。

　　我忽然意识到什么，"茜桑！这人！这人发型和你一模一样诶！"

　　我忽然又意识到什么，"茜桑！这人店名居然叫'梨城凉糕'！这这这……"

　　这大概就是好巧妈妈给好巧开门儿，简直好巧到家了！或者说，这人绝对是在抄袭我们的名字，虽然我没有证据。

　　"嘿！"茜桑招呼他。对方压根不理茜桑，他觉得受到了"侮辱"，这哪能忍？

　　"你倒是吱声啊，喂！"他跑过去，拍那人的背。

阳光顺他而来，我看不清他的面孔。我往前走，有一种味道，那是青草被连根拔起然后碾碎的味道，是廉价书籍油墨特有的沧桑陈旧感。"佐义？佐义！"可他却没有回头。

"你是佐义！"

他径直前往我与茴桑的摊位。不知是不是改变了他十年没换过的发型的原因，还是几年不见他长得太神速，我竟没在第一时间认出他来。

"这人谁呀？就是那个……"茴桑有点懵。

我有些羞耻，"茴桑，他就是佐义。"

"茴桑？"佐义淡淡地说，"你叫茴桑？你声音真好听啊，比小女生还好听。"

佐义在我摊前尝奶糕，没有付钱，"真不错啊……这是，对，茴桑同学亲手做的？啊对对对，也是池笑和同学们一同完成的。真不错……"

"佐义……"我看着他边摇头边夸赞，我有点害怕，几乎不认识他了。

他一口接一口，几乎是不咀嚼，直接吞。我知道，他无法咀嚼的是那些孤单的日子。在茴桑撑起的大伞阴影中，佐义略显阴郁。所以，我与茴桑随便他吃，看着他吃，观摩他吃，像投喂白虎的饲养员。佐义被我们看着，当然就像大猛兽，反正我不敢多言什么。

我们不阻拦他，他吃了五十份。真可以啊。我们总共也就准备了五十四份而已啊。

最后卖了四份，挣了二十四块，再加上卖出些别的，共计负二百六十四元零二毛四分。

"好你个佐义。"茵桑趁他走远，跺了跺脚。

后来，我们仨再见面就是在德育处了。

老师："怎么回事？"

茵桑："佐义吃了我五十块奶糕，还不付钱。"

老师看老赖似的扫视那个叫佐义的，"怎么回事？"

佐义："我饿。"

茵桑："你饿你就白吃我们的东西？"

佐义："啊……不是茵桑同学自己非送给我的吗？茵桑，你让我吃五十块糕却不给我一杯水，噎死我了。"

茵桑："哈？！你说的我都快信了。什么叫我硬塞给你……"

讲真，佐义的演技确实好，他这无奈一笑，简直能拿奥斯卡，他比我适合做演员。佐义像出世的神，审视世人，但是他明明才是在泥里打滚的那个人，我不知该如何看待他。德育处老师问清原委后，让我们自己处理好这起"纠纷"。

我们仁并肩而站，我左边是佐义，右边是茴桑，像一边太阳一边雨。

"池笑，好久不见。"佐义倒眉倒眼地，想拍我肩膀。

"你别动池池姐！有本事来打我！"茴桑伸长了胳膊推开他的手，"把你猪肘拿远点儿。"他像是炸毛的猫，矮脚猫。

"我不打你。"佐义比暴风雨前的晴天还有耐心，我瞅了眼他的校牌，他是编导班的，"毕竟，我复学到这儿来才三天。"

"你过来干什么？"我问他。

他听说八一建军节，我要排一个舞台剧，"当然是来帮你们的啊。"

"不是这样的。"怎么会有这么简单的理由。当然，当初佐义是和我一起办理了借读手续后从这所学校离开的，现在回校复读还是比较容易的。

"对，仅仅就是帮你来排剧。"佐义疯到不行，像个疯子，不对，他就是疯子吧。

后来分开前，佐义淡淡地吐出了他的最后一句话："希望之后会在广播里听见茴桑同学的声音……"佐义用微笑敬他！

霜降降霜且被降

我与茴桑同绯红色晚霞一起回家时，身后佐乂在跟踪，实名跟踪，我们一路无言，其实是不敢说话。到院门口的时候，他喝住我，然后追上来，"哦，池笑很聪明嘛，狡兔三窟，给我个出租屋的地址。怕我摸过去？"这口气说明，他去找过我，还是一顿好找。

"佐乂，进来坐坐吧。"

"不去。"佐乂答话，他抬手递给我一包东西，"凉糕，吃吧。跟麻薯味道也差不多吧，你应该喜欢。"

差多了？差老多！可我什么都没说，凉糕上有佐乂的气息。

往后，明明什么都没变，却又是什么都变了。佐乂来北京，按说我应该很开心才对，可是我觉得我这个和事佬的压力比山大。斗胆模拟一下情景：

当晚饭后，散步，佐乂同我正唠着曾经的家长里短。

我："隔壁家那几个小屁孩儿还好吗？"

佐乂:"挺好的,早老实了。至少不像某人啊……没事就惹事。"

茼桑:"喂喂,谁是某人啊……哦!不会就是你自己吧,哥。"

"可闭嘴吧,你们两个!"

再比如:

放学之后,家里亮灯两盏,一盏是茼桑,一盏是我与佐乂。佐乂在给我讲题。

佐乂:"这题你试试用代数的方法解呢?"

我:"好。"

隔壁房茼桑又偷听我们说话,他打开窗户,伸手敲我们的窗户。

茼桑:"大哥,这题用代数解肯定解不出来的好吧。"

我小心翼翼:"我也觉得……支持茼桑的说法。"

佐乂说自己没有气急败坏,"池笑,你自己写吧,我可不管你了,你也别来管我,和你隔壁狐朋狗友一起玩儿去吧。"不过我不相信。

茼桑:"哇,'狐朋狗友'?我是狐狸还是狗?这个评价很高嘛。哥,这不会就是你们编导生最爱写的话剧剧本吧。"

茼桑:"如果我是狐狸,那佐乂你会是什么呢?做小羊怎么样？"

佐乂："滚。"

茵桑："哦！好的。这是想做头猪喽？"

"行了！你们有完没完！"

或者还有这样的：

夏日午后，我们在老槐树下面休息。茵桑将旧报纸盖在脸上，他吃了就睡。醒了，就畅快地吸一口北冰洋或是七喜。

佐乂："茵桑果然有钱啊，把房租都省下来买饮料了吧。喝个汽水儿都是按箱屯的。不像我……"

茵桑："是哇是哇。哥你太可怜啦，不过哥也别灰心，我可以把汽水瓶儿都攒了送给哥去废品回收。相信很远的将来……哥你也会有属于自己的那瓶健力宝，哦，不对，应该是北冰洋。毕竟北冰洋比较便宜，健力宝哥暂时买不起吧。不要放弃，加油！"

佐乂："……"

我觉得佐乂该气到冒白烟了。

后来六月份，考完期末考试，没过几天闲散日子，佐乂就开始同我着手操办建军节的话剧。可惜聊了半天我们都没说到一起。这时，茵桑来找我，非得拉着我去郊游。

"佐义，一起去吧。"我提议，不放心他一人在家。

"我？"

"对啊，一起吧，我们去北海公园。"

一路上，我们谁也没说话。

佐义的剧本，我好久没拜读，不瞒你说，我甚至有些想念。

"佐义，你不就是想把《白蛇传》改编然后搬上舞台吗？虽说听着有些不走心……不过，我同意。你就这样干吧，我相信你！"

"当真？"

"当然，前提是……"

佐义向来是幕后，是端庄的红丝绒背景布。可是好久不见，我觉得他变得更像一位主人公，他是主人公。

"前提是，你陪我一起演！"

"啊……行！"

"哈哈，一言为定。"我拍拍他的脑壳，佐义握住我的手，将一枚玻璃制的戒指套在我小指处。

戒指透亮，上面有红色的字 ——"烦死了"。

"你，烦死了。"他说。

我们仨并肩骑车去北海，身后是车水马龙，眼前是霞光灿烂，魂在前面飞，晚风在后头追。

茴桑最矮，他骑个小车，夹在我和佐乂中间几乎像我们的小孩。"我不管！我的自行车就是世界第一！"他叫嚣。

佐乂瞥一眼他那加了俩平衡轮的小车，"确定你这不是婴儿车吗？"

"对！我的婴儿车就是世界第一！"

哦，原来茴桑会骑马骑牛骑小羊，但就是不会骑自行车啊。

到了之后，茴桑就又活跃起来了，他拉着我走在前面，"池池姐""池池姐"地叫着，边沿河走边踢着小石子。石子"叭"一声落地，他的目光落在我小指上。

"姐，你自己买的？"茴桑突然紧张。

"不，佐乂送的。"

茴桑停下身，摘下那枚戒指，看着上面的字样思索："佐乂送你的是什么地摊货啊。"他不由分说就往柏油路上砸。

"喂！"

可是迟了，玻璃碎在地上，四分五裂。那声音就像是佐乂的蝴蝶骨被人碾了，振翅却再也飞不起来。

"茴桑你干什么？"

"池池姐，你才不烦呢！"

他语毕，有鹅卵石冲他飞过去，他后退，惊得一踉跄。我回头望，佐义和颜悦色，双手插兜。石子儿擦着茴桑低矮的颧骨飞过，惊起小朵浪花，可除去这些，一切都风平浪静。

"佐义，你在干什么？！"

这人扔石子的技术又高超了呢。

佐义笑得像只兔子。"打水漂真好玩呀。"他说。

一转眼就是八月了。那天表演，不顾佐义的阻拦，我给茴桑留了个第一排的座位。

"我先去彩排了，你记得来。"

"指定来。"

我们的话剧改编自《白蛇传》，和戏剧融合了一下，最后决定，演许仙的、演青蛇的，还有演法海的都念白，唯我唱个几句，大概就算是中戏附中的亮点。

换衣服的时候，我听见身后有人叫我："池笑，你真像一个人。"

我回头，是佐义，他说："池笑，池落真像你，不过……你比你姐姐更好看。"

"啊……"

后台好暗，我看不清他，他却望穿了我。

上台了，幕布拉开之际，佐乂悄悄同我说加油，跟往年一模一样。灯光之下，看见尘埃落定。

"笑笑，别紧张。"

我的心却悬起。琴瑟，行云流水；鼓点，呼之欲出。

第一幕开场，我正要开口，打响震颤人心的第一声炮。

"孽畜！"

诶？诶诶？佐乂他在说什么？！

"那许仙他本是高德和尚，岂与你妖魔女匹配鸾凰？我劝你早回转峨眉山上，再若是混人间顷刻身亡。"

佐乂先我一步道出，我知道，他说的词儿是好几幕之后的。

佐乂在干什么？！我惊恐地看向他。

大脑运转，我想起，一天前、一月前甚至是一年两年前他说过的话。

"池笑，你，烦死了。"他说。

"池笑，我不管你了。"他说。

他说，池笑笨死了。

笨蛋池笑，他说。

确实，我无能得就像个笨蛋。我知道我什么都干不好，干什么都需要他们的保护，可我至少也是有思想的人啊！我要好好唱！我要被刮目相看！我要不让他们失望！

可是……一紧张，我竟连唱词也记不住了。

佐义说完应该接……应该接……

"秃驴！"

忽有声音，似惊雷，从台下传出，引雪崩塌。

"听一言不由我怒发千丈，骂一声老匹夫你细听端详：我小姐与许郎妇随夫唱，老匹夫活生生你拆散鸳鸯。速放出许官人万事不讲，倘若是再迟延水涌长江！"

我寻找，是茴桑！我们目光交汇，并未被刺眼灯光打散。我记得他说过："池笑，你才不麻烦！"

我想起来了！想起来该怎么唱了！我要好好地唱下去。

"青儿！不要胡说！老禅师啊！"

我要唱下去，唱自己的，也作自己！

"小青儿性粗鲁出言无状，怎比得老禅师量似海洋。我如来对众生平等供养，方感得有情者共礼空王。"

佐义他又抢拍："白素贞休得要痴心妄想，见许仙除非是倒流长江。人世间哪容得害人孽障，这也是菩提心保卫善良。"

我跟上："白素贞救贫病千百以上，江南人都歌颂白氏娘娘。也不知谁是那害人孽障，害得我夫妻们两下分张！"

"岂不知老僧有青龙禅杖，怎能让妖魔们妄逞刁强？"

"老禅师纵有那青龙禅杖，敌不过宇宙间情理昭彰？"

冠头忽闪，我捕捉到茴桑眼底有波澜拂过。

演完归家，家中除了我们仨，谁也没看出什么端倪。我说庆祝一下，要吃火锅。佐乂说要吃辣的，特辣的。

"好，特辣的。"

席间热热闹闹，林枙木和严壹壹像是在说相声。我们三个对今天的表演只字不提。佐乂坐在茴桑对面，一直盯着他看。吃到后半场的时候，茴桑掏出手机，佐乂叫住他："等等！"

立冬入冬

"喂！你等等！"佐乂按住茵桑拿手机的手。

"你想干什么？"我替茵桑问他。

"这明明不是你的手机！茵桑，你为什么会拿着池笑的手机？"

"佐乂，这跟你有关系吗？"

他不说话了，抿了抿唇，估计也知道自己失态了。

"池笑，你把你的手机给他，这就是你不回我短信的原因吗？"

"确实。"

佐乂烦透了，不用我觉得，他肯定也觉得我讨厌透顶了。

几经春夏秋冬，光阴流转，一晃多少年过去。今年春天的时候，佐乂回到了北京。说实在的，他对这里已经没有太多印象了。有天突发奇想，跑去曾经池笑客居的大院看了看，他竟没有熟悉的感觉。

有苍绿的爬墙虎挂在院墙上。

佐乂几乎有些惊慌失措了，他会悄悄地在记忆中搜寻，似乎是有那么一个人，是池笑，但又不是池笑。

还记得刚回北京的时候吗？佐乂疯了似的找我，可是按着我给他的出租屋的地址，他没能找到我，他跑遍了那个街区，依旧一无所获。

"您看见过这个姑娘吗？"

"您看见过吗？"

"您见过吗？"

"……"

后来有人回答他："哦，这人啊，没住一个月就搬走了吧。"

"搬哪儿去了？"他忙凑上去。

"我怎么知道？"

这时候，他会这样想吧：真该死啊，池笑真该死！连短信都懒得回了？你真狠心啊，池笑，就这样把我遗弃在林立的水泥森林中了？

佐乂想买火车票，他想回去了。他一遍遍地发短信给我。为什么不回消息？！是没发送出去吗？为什么不回消息？！是话费用光了吗？为什么不回消息啊……池笑是遇着什么事了吗？没有吧。上个月，他还在老家的时候，一天晚上，他听见我给我妈妈打电话。佐义竟也会贴在门口偷听，指望能听见我模糊的声音。

后来我妈发现他了，"佐义？"

"啊……"他头一回措手不及。原来措手不及就是这种感觉啊，是悬着的心跌落在地，摔得遍体鳞伤。

隔天，他把他养的俩小羊卖掉了，换了辆三轮小餐车。小羊胆小地尖叫，佐义以为自己会难过，未曾想会忍不住高兴起来。那是触底反弹的兴奋，是赌博欲输又将赢的激动。每一个人都以为自己会成功，佐义觉得自己想到了可以走出谷底且万无一失的办法，他觉得他可以做到。

月亮底下，"佐师傅"辛勤忙碌到两点半，他说明天一早他要上街卖凉糕，攒钱，然后去北京读书，去找那个该死的池笑。

"池笑无情无义，应该变成狐狸。"他幻想。

佐义在犯什么傻啊，无论我变成什么，他在我眼中还是那只兔子。他就像只兔子，会咬人，但是当他咬我时，我就能拎起他的耳朵恐吓。他明知道会这样，但还是愿意来北京。可是佐义这人什么事情都喜欢独自背负，喜欢一人横穿所有欢喜或悲情。

· 火烧

　　结果第二天上学就迟到了，因为卖凉糕。他被老师狠狠批评了一通。第三天上学又迟到了，因为卖凉糕。晚上写了八百字检查，写到凌晨。第四天上学还是迟到了，因为卖凉糕。老师打电话给他妈妈，说他原先从不这样的。第五天的时候，他妈妈去街上堵他，买了一份他正售的凉糕。佐义没戴眼镜，虚着眼睛，他觉得眼前这个人很像他妈，他甚至给她多舀了一勺红糖。换来了他妈妈踮起脚的一巴掌。

　　"佐义！你为什么不好好学习？"

　　佐义被揪着耳朵，"我……我想挣点钱嘛……对！我想去北京！"

　　"你去北京干吗？"

　　"去学习？去学编剧？去……"反正不是去找池笑！他知道妈妈帮不了他什么，虽然现在他还挺缺钱，但是佐义要自己挣钱。

　　"那你去吧。"最后，妈妈给了他三万块。

　　"啊？好……"佐义知道，不考上大学，他应该是不能回去了。

　　"我当然羡慕你们。"吃火锅的时候，佐义轻飘飘地嘀咕。

"可是……这也不是表演的时候你乱说词儿的理由啊……"茴桑低声接话,顺便还想推开佐乂抢自己手机的手,"佐乂,你这是典型的吃不着葡萄说葡萄酸啊。"

"可是这也不是你扣留池笑的手机的理由!你明明知道池笑她那么笨!你明明收到我的短信为什么不给池笑看一眼!就一眼都不可以吗……"佐乂边掐边掰开他的手指,"手机给我!"

终于,我看见了佐乂本应该发送给我的短信,迟到了六个月零四天的短信。

二月七日。

佐乂:早上好。

佐乂:晚安?

二月八日。

佐乂:午好。

二月九日

佐乂:池笑你死哪去了?

佐乂:真蒸发了?不会吧!

佐乂:你别吓我啊池笑!

……

茴桑替我收到这些短信的时候,会想些什么啊……

后来,三月初,佐乂他说:我们的葡萄长新芽了。

三月半，那时候我正背唱词背到头大的时候，他发来短信：真不错啊，看这样子葡萄七月就能吃了吧，池笑今年你回家吗？

佐乂：葡萄开花儿了。

佐乂：葡萄结果了。

佐乂：葡萄被隔壁邻居给碾了，对不起啊，没保护好我们的葡萄……他没哭，佐乂才不会哭，毕竟嫌弃自己又无可奈何的烂事又不止这一桩。

后来，他把我们的聊天框当成了备忘录：五月三十日，早八点，至学校礼堂，穿校服。P.s. 记得给白白带剧本。

再后来，他会在里面记账：今天凉糕净挣98元……

可我觉得好可惜啊，我们的葡萄被碾了，被连根拔起了，我好抱歉，抱歉我不在。

"苗桑。"我想让他说句话。

"姐！不是这样的！池池，你听我解释！"

"就这样吧，不用说了。"佐乂把那部被两个人用过的手机扔进水沟中，有水溅起，溅在苗桑眼下。

"苗桑！你说啊！你快说！"我根本不死心，总觉得他会有别的理由。

可茵桑摇头，甚至捂着嘴巴。

"你为什么不说话？！你快说话！"

我始终记得那个烟火飞天的晚上，他承诺我，会和我一起追梦，一起一起一起。那天，他说："现在这样太没劲儿了，等以后长大了，要一起创造属于我们的时代……"

可是这梦想，茵桑这辈子怕是都不能实现了。那天晚上，茵桑的嗓子发不出声音了。

"别急！你别着急！"我拉着他去医院。

佐乂却说这些都是报应。最引以为傲的东西被毁掉了，我明白，我会很难过。如果不出意外，茵桑的嗓子暂时没有办法广播了，就像很久以前，我的钱不够我去韩国学习表演是一个道理。

"医生，他这失声是因为今天晚饭吃的火锅太辣了吗？"佐乂轻笑。医生说当然不是的，他说这是声带肿瘤，是个小手术，之后声带的音质能不能保持之前的水准还要看恢复得如何。

茵桑准备回老家动手术，至少那里有家人照料。我和佐乂送他去机场。有太阳，在飞机翅膀上挂得正好。

"回见。"这是那天佐乂同他说的头一句话。后来太阳落山了，飞机飞上天，我知道那就是载着茵桑的飞机。

天色渐晚，我坐在佐义的自行车尾，像过去那样，像什么事都没发生过。他不由分说带着我去天坛公园，他说他想去看看回音壁。我说无聊透顶，"那些都是假的。"

"不是假的！"佐义随着落山的太阳跑去西边，他贴着墙同我说话。

"池笑？"

"听不见。"

"池笑。"

"听不见。"

"池笑，你明明听见了！"

"假的！听不见。"

他"哒哒"地跑过来，把我按在墙上听。

"真的！真的！就是真的！"

"……"

晚上往家去的时候，佐义问我，是不是一个月后有个戏剧比赛，"还挺重要的吧，你加油，池笑。"

"实话实说，我还没原谅你呢。"

"我也没有。"他递给我一根绿豆冰棒，"但是你要加油。"

我仔细端详着冰棒，"你也加油。"

"等等！我有项录微电影的作业……"

"干吗？"

"你可以出个镜吗？"

"哈哈，求我。"

"笑笑姐，赏脸当个模特呗……"

"哈哈哈哈哈哈……"

我们借汗水交杯换盏，好像什么事都未曾发生似的。

小雪的羊肉真好吃

已经入秋了。听说北京的冬天是没有雨的，所以我格外珍惜秋日的雨。有天早上，我用油条搅着豆腐脑，抬头就是打在窗花上的丝丝秋雨。

"佐义，雨什么时候停啊？"我问，他正垂着脑袋背艺考的文学常识。

"不知道。"佐义让我快去开开嗓，去干正经事儿，"池笑你也真心大，下午几点比赛？怎么还有闲心唠嗑呢？"

"三点半，你有空送我过去吗？"

"没腿还是没脚？自己搭地铁。"

"哦。"

其实我想说却一直未能说出口的是：也许像现在这样，冷冷清清，不，安安静静也挺好。我甚至怀疑做人是不是需要那么执着于自己的梦想。我的乌托邦梦想已经随着茜桑飞走了。

正思索着，忽听见有人在叩我的窗户，我差点以为是苘桑。

"笑笑！开门！快开门。"

"肆肆啊……"

她明显是没带伞，水滴顺着刘海流进眼睛，我能想象出她迂回在横竖相交的小路上的样子。

严肆肆没脱鞋，就奔我身旁，地上留下模糊的脚印。"笑笑……"她抱着我就哭。我算是知道什么叫雨与泪混为一谈了。

"肆肆，没事儿，你慢慢说！"

佐义起身，拿来抹布拭去脚印，像一路走来就没有足迹。

肆肆开口正要说些什么，窗外有人拍打窗户。"严肆肆！你给我出来！嫌自个儿家不够乱？又去骚扰别人去了？"

那是严壹壹吧。我让他进来说。严壹壹告诉我："爸喝酒撞人了……自己也撞了个半死，嘿嘿。"

"你笑啥笑！"肆肆掐着她哥的脸，"爸全责，连车带人赔一大笔钱，你说怎么赔？家里本就没多少闲钱，除去两万的艺考集训费，再减去大学学费还能剩多少钱！我要读书的！"肆肆失态地吼。

"我知道的……"壹壹支支吾吾,"我知道……肆肆会是大学生……"

严肆肆的梦想是到中央美院学书法。她总会说:"到时候啊,等我进去了,那我一个字儿至少得卖三百块吧。哥,你放心留级,留到我上大学了,我就给你挣学费。"

"吼吼,我们肆肆一个字儿至少得卖一千块吧。"

"哥,你心也忒黑了。"

"才不呢!值!"

对于肆肆来说,玫瑰是面包,面包也是玫瑰,搞艺术也不能离开钱。严壹壹就欣赏她这点,"肆肆啊,这点当然是随我。"

记得小学三年级以前,严壹壹从不翘课,他还是挺聪明的,成绩也一直不错。直到那一天,严肆肆一年级刚入学,即将参加第一次秋游。她回家以后特兴奋,"后天!我们要去北海野炊。哥,你帮我买一点儿零食啊。"

"嗯。"壹壹闷声咬铅笔。苦啥不能苦孩子,是吧。得搞钱,卖很多很多的辣条和奶片!可是钱从哪儿挤呢,反正不想跟老爹要。翌天中午,严壹壹从学校后门旁的栅栏翻出来,他决定了,要去挣点儿钱。去哪儿呢?他坐在大槐树上琢磨着。

对了!巷口小瓦房里面住的老陈头!他好像有很多

手段挣零钱。严壹壹跳下树就朝那儿跑。到瓦房那儿时，老陈头正踩着一沓纸盒，往那上头浇水。

"叔，介绍点活儿给我干！我要挣钱……"

老陈头后来分了个活儿给他 —— 去街头巷尾捡水瓶、纸盒、易拉罐……

一地的垃圾，好臭好臭……不不不，一地的垃圾，好多好多好多钢镚儿啊……严壹壹那天用挣到的钱给严肆肆买了板娃哈哈牛奶，那天他明白一个很重要的道理 —— 哇！原来娃哈哈可以整板整板地买啊！至此，严壹壹觉得干活挣钱养妹妹才是王道！他觉得他最不该做像醉鬼老爹那样的人。严壹壹带着严肆肆去参观他的垃圾小屋。肆肆皱眉说好臭，他俩蜷在垃圾桶后头。后来有人走进来扔垃圾，一片香蕉皮不小心扣到了严壹壹头上。

那天，严肆肆拉着我哭，鼻涕眼泪都粘我胳膊上。严壹壹把她拉开，"走，咱回家。"他朝我尴尬地笑笑，"对不起，池笑，打扰你了。"

"啊……没事儿。"其实我知道，他想说的对不起，是这样的：抱歉！真的很抱歉啊！为什么像我这种逃学翘课的哥哥会有肆肆这样的妹妹啊？为什么那个浑浑噩噩的醉鬼爸爸会生出肆肆这样的女儿啊？为什么严肆肆明明那么努力，那么努力地想成功，却还是阻碍重重呢？不要！我也不想一事无成！至少我的妹妹绝对！绝对！绝对！不可以一事无成！她有她的理想！她应该完成她的梦！而我……语文不及格，还有数学也是大鸭蛋，这是什么狗屎人生！这辈子也就这样了吧……

壹壹把肆肆拖到门口的时候，肆肆甩开了他的手，"你滚！别想管我！"她捂着脸跑出去。我依稀听见壹壹追了上去，"肆肆！你回来！你听我说……哥已经退学了！我挣钱，严肆肆要好好去写字……"

"不要……我不要，我不要！"

"肆肆……"

后来天地都安静了，雨也不下了。

佐义皱眉，倚着门框，"你还有钱吗？借你朋友点吗？"

我刚想说我找找，可抬头就看见钟。完了，时间怎么误了。

"完了！两点了！还有一个小时我怎么去比赛！"

"快快快！自行车，我载你去。"

"好！"

我抓着佐乂的膀子挤进赛场。

"我去了。"

"你加油。"

我竟觉得这生活有点满足。哪怕我去后台化妆的时候，有老师说我迟到了，迟了半小时，应该也没什么机会参加这场比赛了。

"现在的小孩儿也太没规矩了。"

"我……"正当我想着怎么解释两句时，忽然觉得有人在拍我的肩膀。

"李老师啊，对咱们后辈宽容些呗。"我背对那人，但我明白，她是在同我说话："小妹妹，快准备，你下一个上台表演吧。"

"啊……好！"我受宠若惊。

我上台表演，唱的是《锁麟囊》里的薛湘灵。我不得不站在刺眼灯光中歌唱，我觉得我们都被锁住了梦想。众生皆苦，比咖啡还要苦，谁也不甜。

下午三点，昨天这时候，做了份没及格的数学卷子。往年这时候，孤苦伶仃，只身赴北京找姐姐。

下午三点，佐乂在赛场外边等我，边等边背文常。他要考好大学，为了三万块，为了妈妈，为了卖出去的每一块凉糕，也为了我……

下午三点，严肆肆大概还在同哥哥吵架吧。又或许壹壹已经去电子厂签合同了，每天从早七点站到晚七点的日子要开始了吗？还是真是一眼望不到头啊。不过，严肆肆你要加油！给哥争气！等你功成名就，一字千金。对，壹壹在等肆肆的这一天吧。

下午三点，林枢木该坐立不安了，严肆肆不会辍学吧。要不得要不得！还等着她周一在学校教他写草书呢，等她怎么教都教不会，气得往他脸上写草书。严肆肆，你可是林枢木最好的目标！

下午三点，茵桑在干吗呢？还住在医院吗？听电台里的小女孩用美丽的歌喉唱歌？我们说好的要创造属于自己的时代！茵桑你明明答应过我的，要飞，要在自己的天空中飞！我们会飞，哪怕是在室内。不会睡着，因为天还没黑！

"怕流水年华春去渺，一样心情别样娇。不是我无故寻烦恼，如意珠儿手未操，啊，手未操。仔细观瞧，仔细选挑，锁麟囊上彩云飘。"

"有金珠和珍宝光华灿烂，红珊瑚碧翡翠样样俱全。还有那夜明珠粒粒成串，还有那赤金链、紫英簪、白玉环、双凤鋬、八宝钗钏一个个宝孕光含。这囊儿虽非是千古罕见，换衣食也够她生活几年。"

"……"

一曲落幕，临了，我看见头排评委席上坐着个人，眼泛秋波与惊澜。

实名举报，大雪实在太热血

你知道拿到国家级比赛的名次是什么概念吗？毫不谦虚地说，国奖十二名，几乎就是拥中戏、北影、南艺等各大高校的半张保送券。那些天，我吃个圆形的焦圈就像是要变成圆形的气球，要飘到天上去了。

"喂喂喂，嘚瑟死你了。"佐乂白了我一眼。

"你那叫'吃不着葡萄说葡萄酸'吧。"

"不愧是我们家笑笑啊。"严肆肆嘴角快咧去天边了。

"明明我们肆肆也不赖呀！"林栀木忙探过来。

严壹壹推开他，一脸鄙夷，"别靠那么近，离我妹远点儿啊！"

"严壹壹，你是不是螺丝没拧够啊，你再说一句我……我就告诉我妈妈！我妈就让我大姑开了你！"

严肆肆狠狠踩他一脚。

"噢 —— 痛痛痛 ——"

那天，我们在工美大厦吃饭，吃香锅，吃粉条，吃饼，吃包子……林枙木带了半只大董的烤鸭。

"我要吃腿！"严壹壹叫嚣。

"你想多了，今天是池笑的庆功宴好不好……"佐义冲着他后脖颈就是一巴掌，揍林枙木估计是揍不了了，毕竟是大房东嘛。

"人家明明还在长身体，人家需要补充营养……"

"走你。"严肆肆扼住他的脖子像捉鸭子，"给我闭嘴！"

严壹壹甚至带来了一瓶啤酒，"凡是成年的，走一个啊？"

"我成年了！去年冬天就成年了啊！"今年终于轮到我了，我摩拳擦掌。可真期待呢，这就是我们的十八岁吗？这是不同的十八岁。

"肆肆，你四月份的吧？"

"对，她得等明年。"

"唉唉唉……"

"林笨蛋你啥时候的？八月的？"

"林大爷真老呵，快二十了吧。"

"……"

"来来来，碰一个。"

"敬什么？"

"敬十八呗，就喝十八杯咋样？"

"咦……那不得喝死人……"

十八岁，佐义的搞笑DNA被激活，"池笑，我们走一个。"

"我不喝酒。"

"当然，我喝橙汁儿好了。"

他特浮夸，"不求同年同日生，但求同年同日……嗯……生……"

正"生"到关键时刻，我口袋中的手机忽然震动，有电话打进来，我在那狭小的屏幕上看见熟悉的字样：茴桑？茴桑！

"我电话！稍等！"

我跑出去，依稀听见身后有声音："懒驴上磨屎尿多……"

"笨死了，这可用的不是地方，怪不得你语文不及格……"

我把杂乱甩在身后。

摆脱烟熏火燎后，我吸了口干净空气，刚刚准备接起电话，谁知道那头却挂了。我再打过去，他不接了，"嘟嘟"地空响半天。

我一遍遍打，他一遍遍挂。

这人！让我好担心哦……

算了，权当是他拨错号码了吧。我回头，他却发来短信。

"池笑，来街心公园找我。"

"哪儿？"几月不见我们竟有些脱节。

"北京，皇城根儿。"

"啊？你回来了？好！"我不加思索。如果是曾经的同盟好友，我乐意奉陪，在所不辞。

看见那焦黄色却依旧缠绵的藤蔓了吗？葡萄藤下那白色的背影，那是茵桑！不会错！把他同一百只白鸽混在一块，飞得最高最远的定是他！

茵桑背身倚着藤条编的高椅而坐，跷着腿，可以看见他棱角分明的肩，似乎长高了。他穿着一件薄薄的襕衫，低矮的圆领，袍带飘飘，与金黄落叶混为一体，秋天穿这么少，会冷吧？

茵桑操着他的六弦琴，他竟用六弦琴弹奏京剧。还能这样？我瞪大眼睛，远远地望。后来又有观众围上去，堵上最后一片空隙，看不见他了。我被挤进水泄不通的人群。他扫视人群，大概是认出我了，冲我淡笑。少年的"众里寻他千百度",不过如此;"蓦然回首,那人却在灯火阑珊处",大概也是这个意思。

那年深秋,惊鸿一面,幸冬至未至。那一刻,我觉得我们置身皇城事外,不,每一刻,永远属于我们。茵桑,好久不见。今年的十八岁成人礼属于我与你,属于我们,我们要一起过。茵桑,好久不见,你长高了,可惜没能看着你长高。茵桑,好久不见,欢迎回家!

茵桑调了调音,然后开唱。他唱的是《六月雪》里的窦娥,那是正旦,我最熟悉的正旦,我最会唱的正旦。

他唱:"上天 —— 天无路。入地 —— 地无门。慢说我心碎,行人也断魂。"

他唱:"没来由遭刑宪受此磨难,看起来老天爷不辨愚贤。良善家为什么遭此天谴?作恶的为什么反增寿年?法场上一个个泪流满面,都道说我窦娥死得可怜。眼睁睁老严亲难得相间,霎时间大炮响尸首不全。"

他唱:"……"

我听他的声音,如是昨日,又不似昨日。虽然他的唱腔瑕疵遍布,不过唬外行人那是绰绰有余。人们拍着巴掌叫好,然后就走了,一茬一茬,像日月更替。荏苒时光中,谁会陪着谁行至最后呢?

人还没散干净,茵桑就来到我身旁,像往常一样叫我池池姐。"现在……我的声音也像小姑娘一样了。"他开口了。

"怎么会……"

"嗯。"

我捕捉不到他脸上的悲伤。一切都像是场梦。

"小哥哥可以留个联系方式吗？"有小妹妹挤到他身边。茵桑没说话，仅仅是摆手，他比佐乂还内敛。但是，还有我，我可以替他回答："他没手机，我有，要不妹妹你加我？"小姑娘羞答答跑开，茵桑目送他。

我与茵桑在长椅上坐了很久，没说话，但不生分。

"快过年了。"傍晚五点，他起身。

"快过年了。"他要走远了，那次我喊住他，"喂！回来！和我回大院儿吧，过年了就要团团圆圆。"

茵桑回头，眸里闪星光，"哦，过年和我一起去内蒙古，怎么样？"

"你同我回家，我就陪你去内蒙古。"

他说："好。"

后来过年的时候，我们真的去了内蒙古，是同佐乂、枳木、肆肆还有壹壹一同前往的。我把佐乂的费用报销了，枳木支付了肆肆和壹壹的。茵桑在飞机上高兴到飞起，我们像小时候那样无忧无虑。

我们玩了双人卡丁车，一共租了三辆，其中严壹壹和佐乂被迫搭一辆。

"我们加速了！"

"救命 —— 好吓人 ——"

"笨蛋，慢死了，我想和池笑坐一辆。"

"你以为我不想？！"

后来又徒步横跨大草原，腿都要断了，还沾了一鞋底的牛粪。可是当夜晚来临时，我们围坐篝火，又会回忆白天。有火星溅在草地上，我好害怕会着一片，可我的心是最先被点着、跟着燃烧的。

那天我们买了条现杀的羊腿放在火上烤，茴桑扛着它，佐乂却说腿软。

我们躺在草地上，仰头看星辰。

"茴桑，你真勇啊。开春就要艺考了，你怎么转到我们戏剧专业来了……"语毕，我有些后悔。

"对啊，抢你的饭碗呗。"

"茴桑，"我认真道，"我演正旦，你也是正旦，以后我们没有机会再合作了吧？"我从未想过，那次《白蛇传》的救场，他名不正言不顺，却是我们的谢幕仪式。

"确实，不会了吧。"他说得好现实，并没有安慰我的意思，"但是，池笑……"

可是我们说好的，去创造我们的时代。

"池笑，我会努力，在你所长的领域，做你的北斗引路星。"

冬至该吃什么好

你还记得自己高考或是艺考那年的事情吗？

对，我记得。我庆幸，我记下了去中戏复试那天的所有经历。

我和佐乂、茴桑他们都进了复试。我与茴桑去戏剧系，佐乂是编导系，差不多都是同一时段面试，所以我们决定一块儿前往。

"早上……早上吃什么啊？"

"池笑，都要考试了怎么还想着吃。"佐乂泼我冷水。

还是茴桑"深得朕心"啊，"池池姐想吃啥就吃啥呗。"他说着走过来同我一起挑发圈，"这个红的好，艳，衬你。佐乂，你编一个，你编的好，你来编。"茴桑有点儿颐指气使的意思了，分活儿计给佐乂干。佐乂一脸死鱼样，眼白翻得快掉出来了，"……"

实话实说，中戏、北影都是天堂一般的存在，我很喜欢，想永远待在这里。落叶林最里头甚至架着媒体的麦克风和录像卡带，那是学生们在做功课吧。

"好棒啊……"我感叹，只可惜我从来没有这待遇。

"姐姐！你会有的！"

"嗯，会有的，将来总会有……"佐乂少见地认同。

我们在太阳落下的假山脚分道扬镳，可是我们都明白，我们的太阳就要升起来了，就现在！去学夸父逐日！去唱吧！去演吧！去写吧！去追太阳也追梦，去完成那不被定义的人生！

"1123 号，池笑同学，进来吧。"

我听评委老师喊到我，我就进去，操着职业微笑。

"老师好！我是来自中戏附中的 1123 号考生，我叫池笑……"对！我似乎不再是池笑，"今天要表演的是京剧《白蛇传》选段，游湖和结亲中的白素贞。"

窗外茵桑给我比了大拇指，我清清嗓，开始唱：

"离却了峨眉到江南，人世间竟有这美丽的湖山！这一旁保俶塔倒映在波光里面，那一旁好楼台紧傍着三潭；苏堤上杨柳丝把船儿轻挽，微风中桃李花似怯春寒。"

"……"

真不错啊！也许我们会似桃花李花怯春寒，但是不久的将来，也一定会有花开动京城的时节！

此刻，在另一个候考画室，严肆肆和林枦木在等待书法艺考。肆肆在画室已经待不大住了，她为我紧张，她比我还紧张。

"林笨蛋，去磨墨。"

"是！肆肆想写什么？"

"看着好了，就你多嘴。"

严肆肆抵着石砚舔了舔笔，她三心二意，墨淌在毛毡垫上生了花。

"前程……似锦……"

"前程似锦！"

我祝你前程似锦！我祝我前程似锦！我们都会前程灿烂，花开似锦！

我正"似锦"着呢。唱完一折，底下老师点头，示意让我继续。

我也想往下，可这时，门响得尖利，有个女士"嗒嗒"地走进，"不好意思啊，我来迟了。同学，打扰你了，你继续。"

那个声音……我不会忘记的！那是池落吧……对！就是我的亲姐姐——池落！我会记住一百年！

"啊……好的……"我分神了。

"同学，听见了吗？你继续唱啊。"一个老师催促。

"啊？哦。"见我发愣，老师们微微不快，"池笑同学，快唱吧……"

姐姐！这次我一定要考上，让我跟上你吧，我不是累赘！姐，你别扔下我，我会努力的，再也不用你操心！可是怎么可能呢，我怎么还是像原先那样懦弱啊……我唱不出来了。

我低着头，依稀窗户被推开。

"许相公这里来呀！"那是小青的唱词！是茴桑！像很多年以前那样，推开窗，迈进我的生日！

他配合着唱："扫尽落花门外等，接来姐姐盼望的人……"

我想起来了，重新亮开嗓子："啊，君子在哪里？君子在……"

记得很久以前的事吗？我永远不会忘记的旧事。那时候妈妈一个人拉扯我们俩，池落为了分担家务，去学了美容美发，后来挣了点儿辛苦钱又做生意。

"姐姐，你最喜欢干什么呀？"我躺在池落的腿上，奶声奶气，我觉得她腿上那点儿肉，枕得很舒服。

"和池笑在一起吧。"

"不是的。"完全不是的！明明你最喜欢的是你的头冠！你最爱唱戏！

"不是的，是和池笑在一起。看着我们笑笑啊笑着长大，好好长大……"

现在，池落，我想告诉你，我心中有一团火，一个人追梦多没意思，我想要和你、和朋友，一起创造自己的时代。池落……我是池笑啊！

一曲唱罢，我还是不敢与你对上眼，池落。没想到，找你千万遍，却不经意与你在这里撞个满怀。你已经成功了，果然没有我的地方，你会活得更洒脱、更漂亮。

"池笑！"池落显然认出了我，她定了定神，"还能继续吗？"

"老师，我能！"如果你喜欢，如果你高兴，我可以一直一直唱下去的，池落老师！

"贤妹呀！为姐此去只要取得仙草，慢说是守山神将，就是那刀山火海，为姐也顾不得了！青妹啊！"

"含悲忍泪托故交。为姐仙山把草盗，你护住官人莫辞劳，为姐若是回来早，救得官人命一条；倘若是为姐回不了，你把官人遗体葬荒郊……"

今天，终于找到了姐姐池落。看见她事业有成，不再被家拖累，实现了自己的梦想，我真的好高兴。我想起来了，我说过的，在这里我要当主角的！肆意吧，不用瞻前顾后，也别管那么多。好好地唱，让池落在唱功上青睐我，这才是最好的补救和答谢。我抬起头，冲池落笑笑，又冲窗外茼桑笑笑。小茼桑，委屈你了啊，让你给我搭小青的戏。

当春季的第一团柳絮飘下时，我在考试，佐乂也在面试，我们在时空中碰撞，像碰杯，声音清脆。

老师问他："同学，你报考我们学校是因为什么呢？"

"心中有梦。"

"好，那你能简单说说电影中的梦想吗？"

佐乂懂，这是编导系常考的题型，即兴影评。实话说，他从来吝啬那二十来块的电影票，从小也没看过什么电影……

他开动脑筋，"老师，我觉得《白蛇传》里的白素贞就是这样的，心中有梦，才能冲破重围。"

"还有呢？"

那佐乂为什么要来学编导啊，他连一个充分的理由都没有，就问家里要来了三万元学费？他来学编导仅仅是因为他会点儿书法，而不会唱歌表演？

不是的！不是的！不是的！不是的！

佐乂的脑袋快要爆炸了。

"同学，还有八分钟，加油。"

不是的！完全不是这样的！为什么要来艺考啊！佐义心底有山，有水，北京那么大，应该去看看。那个压在心底的野心给出了答案。

"老师，也许您看过周星驰的《少林足球》吧？"电影里有台词：

——你没做怎么知道没搞头？

——你不要做了。我劝你要脚踏实地做人嘛。这里有份洗厕所的工作你先做着，你就别做梦了。

——可是……做人如果没梦想，那跟咸鱼有什么分别啊。

——你连鞋都没有，那不就是咸鱼一条喽，还学人家讲理想……

——话不能这么讲！我心中的一团火是不会熄的！

——那把它吹熄了呢？

——不熄。熄了我可以再点着它！

佐义说："老师。我没考怎么知道不能上？没学怎么知道学不好？老师，我永远不会说'我不行'，我咬牙拼命，为了梦想，我都会说'我可以'！"

用生命去创造。你知道吗？这才是梦想啊！你可以说一万次放弃但不放弃，但你不可以坚持了一万年，仅仅因为一次碰壁，就宣告失败。如果买股票，请买自己牌的梦想股吧，它起起落落，但是，梦想，它永不破产！

评委老师咋舌："大西北的孩子啊，自己跑这么远的路来北京，还真是不容易呵。"

是啊。佐乂心中还有一个梦，关于西北家乡那连着天的棉花地，还是那个棉花中穿白裙想上天的小姑娘。

"小佐乂，告诉你一个秘密，你知道吗？把两个人名字的笔画相减，得出不同的数字有不同的含义哦。"

"笑笑姐，这么神奇，保真吗？"

"保真。"

他在心中算起来，不保真也得给我真下去！

"笑笑姐！是零！零是什么意思啊？"

风吹枝丫动，它都嫌佐乂幼稚，划得他生疼。可佐乂才不管，他想生活一直这样过下去。

天不遂人愿，佐乂觉得池笑变了，似乎真的变成他的笑笑姐了。他不认识她了，但他特放心她，他该放手让她飞翔了。池笑会飞出西北高原吗？佐乂那刻还不知道。

·火烧

　　"笑笑姐，零是什么意思啊？"

　　翻阅皱巴的纸，那时的池笑郑重其事："零的意思啊……天造地设，如星逐月。"

　　"什么意思？"

　　"不懂。反正就是这样……"

　　天造地设，如星逐月。

小寒小寒，冻成一团

别的学校在春天都会有十八岁成人礼！可是我们学校没有，大概举办成人礼的时间不巧，与艺考凑一起去了吧，所以我们的成人礼举办在高考之后，和毕业典礼混在一起。

大概就是班主任做一些总结，然后再让学生给家长写封信吧。

有些尴尬，我妈妈身体一直不太好，所以没来，佐义家长也请了假，所以严壹壹成了肆肆还有我俩共同的"家长"。他好不舒服，葛优躺似的坐在严肆肆的座位上，前面就是佐义的课桌。

"小子嘿，今儿我可是你爹。"他揉着佐义的脑袋，揉着揉着就开始揪他微微鬈曲的发丝。

"滚滚滚，赶紧滚。"

"……"壹壹刚起身，又被肆肆按下去，瘫在椅子上，像烂泥。

·火烧

肆肆递给他手写的信，"喏，给你。我去上个厕所。"

"真不错啊，还知道孝敬爹地……"他挑眉，暴力地扯开信封，目光凝于纸上。

那是张花花绿绿的录取通知书，不是肆肆的，上面明明写了他严壹壹的名字，是隔壁汽修学校的录取通知书。

通知书里夹了封信：

"哥，你去上学吧。给你报名了，钱也交了，你不去也得去。"

嚯嚯，这就嫌弃你哥了？嫌你哥没文化？可那封信，大声地喊着：才不是呢。

"哥，你不用担心钱的问题，我问林枙木借的，没利息，不是高利贷！严壹壹，我马上就是书法系的学生了，我们等这一天等了好久对吧？"

"哥，我运气可好了！暑假我找了份给人抄婚书喜帖的工作，等秋天你把工作辞了，哥，你要读书啊。

抄喜帖的时候，我会想，严壹壹什么时候才能找着老婆？我知道婚房彩礼都不便宜，但是我们可以一起努力的。哥，你快找个媳妇吧，老大不小的，再等下去黄花菜都得凉。我想喊她嫂子，或者……叫她妈，叫你爹……"

"哈哈，肆肆的字儿写得真漂亮啊。"严壹壹目光游离，沉浮在严肆肆的青春中，他尬笑着打岔。

可是严壹壹肯定不知道。肆肆说，她今天最乐意听见的话，就是你夸她字儿漂亮，她让我把你说的每一句话都记下。

"回头一定要一字不落地告诉我啊！"

"好。"

在此之后，我觉得也应该回老家看看了，我与佐乂登上了回西北的飞机。

飞机上真适合表白呵，身边缭绕的云都是爱心的形状。佐乂拉下窗帘，"池笑，有个不好的消息。"他同我说，面色凝重。

"不会是你没考上中戏吧？"我猜测，嚼着飞机上发的小餐包。

"嗯。"

"哦。"我竟松了口气，"没关系啊，可以复读的，你就读到你考上为止呗。我去茶馆唱戏，帮你挣生活费啊。"我笑颜。

"什么啊什么啊什么啊……乱七八糟的……"他冷哼，"池笑你怎么这么笨，我怎么可能没考上，中戏发的榜你不是也看见了吗？"

"哈哈，也是哦。"

"不过……我应该不会去上的。我报了老家的那个艺术学校。"

"为什么？！"

"我想多陪陪妈妈。"还有就是，林妈帮他认识了很多业内的朋友，不管上哪所大学，毕业之后佐乂都可以成为小导演。

"池笑，有件事，今天我妈说要给我相亲来着……她心急……你看……"他试探我。

"佐乂，我又不是你女朋友，你不用同我报备的。"

"哦。"他低头，原以为我会生气来着，原来是想多了。

佐乂决定去相亲了，决定一下飞机就去找那个与他同岁的中学实习老师相亲。佐乂还决定，等下了飞机他要吃五斤酸枣，巨酸的那种。

"池笑……我怕你生气……"

"我不会的。"

航班有些延误。下了飞机佐乂与我就往我们从前的中学跑。他去相亲，我想去曾经的小剧场瞧瞧。

这几年，我站上了九百九十九个舞台，唯这个最小、最旧。可这是梦开始的地方啊。我去后台，趴在地板上摸了又摸，终于找到了那条地缝，我往里头塞纸条玩儿。我的脑中，时光倒流回那个时候。

"穿一件衣服，贯穿始终，从开头失志到中间部分所谓的涅槃重生，最后才发现都是黄粱一梦？可以，很不错！"佐乂扔给我一瓶发胶。

"谢了，最后独白的时候，记得提醒灯光师把光给我。"

"明白。"

……

佐乂好像永远懂我！

在相亲的路上，佐乂一层层往上爬楼。暑假校园里几乎没人，他在四楼看见个人影。

"喂！"那人喊他。

不会是这人吧，这不是个学生吗？她似乎就是那个偷葡萄的邻居，都长这么大了？

"我带你去见我们老师，大叔。"

哦哦哦哦！佐乂想吐一口老血，他陷入深度怀疑：我这么老，卖了半年凉糕卖老了？还是通宵写影评写剧本写老了？他正想着。

"小义哥。"

"嗯……"他抬头,"白白?"

"小义哥!"

她一袭白裙,竟与那棉花地中的身影相重合。

秋天的时候,我一人乘飞机去北京。

到了中戏宿舍的第一件事,就是给茴桑打电话:"喂?你到了吗?"

"池池姐啊。"他那边有些嘈杂,"我到了,去中戏葡萄藤下找我吧。"

"好。"

我去了,看见了秋日最后的郁郁葱葱。

"茴桑呢?"

没有人。

茴桑怎么逃跑了呢?在我的印象中他可是永远不会临阵脱逃的!我知道他在哪里!几天后的国庆小长假,我又独自飞去了拉萨。

我们后来见面是在一间藏式小楼。茴桑倚着栏杆,看着楼下繁华。我摸摸他的头,明知道他不喜欢,茴桑没有生气。

"那就不唱戏了?"

"以后都不唱了。"

他还是没生气。还记得最初的最初吗？他可是最喜欢唱许仙的。他说："如果不能唱最喜欢的，那我宁可什么都不唱。"

可是茴桑，你不是说你要同我一起创造时代的吗？

"那个嘛……我可以在高原上创造。现在，我有一百只小羊，五十只小牛。"茴桑说，在不久的将来，或许他可以打造属于自己的牛奶品牌。

"为什么？"

"如果我有孩子，我要让他喝好多牛奶，要让他比池池姐高好多好多！"

我明白，茴桑还是从前的茴桑，是幼稚的、乐观的，不愿让我担心的茴桑。

"也好，可是……"我按下"怦怦"的心跳，鼓起勇气，"茴桑……我可以跟你表个白吗？"

说"好"！快说啊！快同意啊！

"池笑，我拒绝！"

"为什么？！"

"池池……"茴桑说，你应该去找寻你的队友，你的幸福，你的启明星。去找你的导演，今后你就是大明星，统领自己的娱乐圈。

"这样啊······好吧。"

他送我去火车站。

回去我买的是火车票，一来经费有限，二来大概想多看看茴桑的故乡，就算是难过的、痛苦的、支离破碎的，我也想看着它与他。

"茴桑，不管你怎么说，我喜欢你！"我踏上将启程的火车，"小茴桑！再见了！"

他在风中冲我摇手。天是低矮深灰的天，横纵相错的立交桥像网，笼着我。

茴桑示意我别喊了，接电话。

"池池姐，如果你喜欢，那我就勉强同意······和你一起养小羊吧。"他说。

你说什么样就是什么样的大寒

"笑笑姐，想问一下，您和佐导演不是从不合作的吗？为什么这次电影您接得这么爽快啊？"

发布会上，我们在闪光灯中央。

"这个啊……"

主持人又开始搞事情了，若不是看在我与他是多年的……不对，我与他太太是多年发小的面子上，我才不想回答他呢。

"林先生啊……"身边叫茴桑的抢答，"因为这些就是我们的青春嘛。"

主持人拍拍他的肩，"佐导请来的配音演员虽然初出茅庐，不过确实很有实力哈。"

他将话筒递给佐导演："佐导，您是怎么想到要拍这样一个题材的呢？"

"因为……"他不紧不慢，沉着冷静。

　　苗桑忍不住了，抢过话筒："因为我们要……"

　　"嘿！"我示意他别抢话筒，然后自己抢过话筒："因为我们要创造属于自己的时代！"